民國文化與文學^{研究}^{文叢}

十四編

李 怡 主編

第 **25** 冊

一個中國新詩人
——穆旦論集（上）

易 彬 著

國家圖書館出版品預行編目資料

一個中國新詩人——穆旦論集（上）／易彬 著 -- 初版 -- 新北市：花木蘭文化事業有限公司，2021〔民 110〕

目 4+144 面；19×26 公分

（民國文化與文學研究文叢 十四編；第 25 冊）

ISBN 978-986-518-536-7（精裝）

1. 查良錚 2. 中國文學 3. 文學評論

820.9   110011223

特邀編委（以姓氏筆畫為序）：

丁　帆　　　王德威　　　宋如珊
岩佐昌暲　　奚　密　　　張中良
張堂錡　　　張福貴　　　須文蔚
馮　鐵　　　劉秀美

ISBN-978-986-518-536-7

民國文化與文學研究文叢
十四編　第二五冊　　　　　　　ISBN：978-986-518-536-7

一個中國新詩人
——穆旦論集（上）

作　　者　易彬
主　　編　李怡
企　　劃　四川大學中國詩歌研究院
總 編 輯　杜潔祥
副總編輯　楊嘉樂
編　　輯　許郁翎、張雅淋、潘玟靜　美術編輯　陳逸婷
出　　版　花木蘭文化事業有限公司
發 行 人　高小娟
聯絡地址　235 新北市中和區中安街七二號十三樓
　　　　　電話：02-2923-1455／傳真：02-2923-1452
網　　址　http://www.huamulan.tw 信箱 service@huamulans.com
印　　刷　普羅文化出版廣告事業
初　　版　2021 年 9 月
全書字數　237587 字
定　　價　十四編 26 冊（精裝）台幣 70,000 元　　　版權所有 · 請勿翻印

一個中國新詩人
——穆旦論集（上）

易彬　著

作者簡介

　　易彬，湖南長沙人，文學博士，先後畢業於湖南師範大學、南京大學和華東師範大學，曾任教於長沙理工大學中文系，荷蘭萊頓大學訪問學者，現為中南大學文學與新聞傳播學院教授，主要從事中國新詩、現代文學文獻學、中外文學關係等方面的研究。

　　性好讀詩，樂於文獻搜集，出版「穆旦研究系列著作」以及《文獻與問題：中國現代文學文獻研究論衡》《記憶之書》等著作，並整理輯注《彭燕郊陳耀球往來書信集》等文獻著作，共計十餘種；在《文學評論》《文藝研究》等刊物發表論文百餘篇。亦從事詩歌與自然隨筆的寫作，有詩集《通往叢林的路》。

提　　要

　　本書為穆旦研究專題論文集，共分六輯，每輯兩篇，均為篇幅較大的論文，涵蓋了版本批評與文獻校讀、個人寫作與文學傳統、愛情與愛情詩的寫作、新的時代語境下的寫作與翻譯、檔案材料的獲取與利用、集外文及相關問題等方面。以穆旦為中心所展開的各類研究，力圖揭示穆旦寫作的豐富性與複雜性，並透現二十世紀中國知識分子的歷史境遇，輻射現當代文學史、文化史的若干重要議題。附錄一種，同學四人談穆旦，為唯一的一次由多位同時代友人在同一時段、就大致問題來談穆旦。

　　書名出自王佐良1940年代的同名評論文，今日襲用之，還在於穆旦本身所包含的「新」意義：穆旦的寫作（包括修改）仍有深入的空間，可待繼續估量；而基於若干新文獻，「穆旦」所觸發的諸種議題，也有著比較廣泛的意義。

研治文學史的方法與心態——代序

李 怡

我曾經以「作為方法的民國」為題討論過中國現代文學研究的「方法」問題，最近幾年，「作為方法」的討論連同這樣的竹內好－溝口雄三式的表述都流行一時，這在客觀上容易讓我們誤解：莫非又是一種學術術語的時髦？屬於「各領風騷三五年」的概念遊戲？

但「方法」的確重要，儘管人們對它也可能誤解重重。

在漢語傳統中，「方」與「法」都是指行事的辦法和技術，《康熙字典》釋義：「術也，法也。《易·繫辭》：方以類聚。《疏》：方謂法術性行。《左傳·昭二十九年》：官修其方。《注》：方，法術。」「法」字在漢語中多用來表示「法律」「刑法」等義，它的含義古今變化不大。後來由「法律」義引申出「標準」「方法」等義。這與拉丁語系 method 或 way 的來源含義大同小異——據說古希臘文中有「沿著」和「道路」的意思，表示人們活動所選擇的正確途徑或道路。在我們後來熟悉的馬克思主義哲學中，「世界觀」與「方法論」的相互關係更得到了反覆的闡述：人們關於世界是什麼、怎麼樣的根本觀點是「世界觀」，而借助這種觀點作指導去認識世界和改造世界的具體理論表述，就是所謂的「方法論」。

在我們的傳統認知中，關於世界之「觀」是基礎，是指導，方法之「論」則是這一基本觀念的運用和落實。因而雖然它們緊密結合，但是究竟還是以「世界觀」為依託，所以在「改造世界觀」的社會主潮中，我們對於「世界觀」的闡述和強調遠遠多於對「方法」的討論，在新中國改革開放前的國家思想主流中，「方法」常常被擱置在一邊，滿眼皆是「世界觀」應當如何端正的問題。這到新時期之初，終於有了反彈，史稱「1985 方法論熱」，

一時間，文藝方法論迭出，西方文藝社會學、心理學、語言學、原型批評、接受美學、結構主義、解構主義、新批評、現象學、存在主義、解釋學、以及借鑒的自然科學方法（系統論、控制論、信息論、模糊數學、耗散結構、熵定律、測不準原理等等），這些令人眼花撩亂的「新方法」衝破了單一的庸俗社會學的「舊方法」，開闢了新的文學研究的空間。不過，在今天看來，卻又因為沒有進一步推動「世界觀」的深入變革而常常流於批評概念的僵硬引入，以致令有的理論家頗感遺憾：「僅僅強調『方法論革命』，這主要是針對『感悟式印象式批評』和過去的『庸俗社會學』而來的，主要是針對我們把握世界的『方式』而言的。『方法論革命』沒有也不能夠關注到『批評主體自身素質』的革命。」〔註1〕

平心而論，這也怪不得 1985，在那個剛剛「解凍」的年代，所有的探索都還在悄悄進行，關於世界和人的整體認知——更深的「觀念」——尚是禁區處處，一切的新論都還在小心翼翼中展開，就包括對「反映論」的質疑都還在躲躲閃閃、欲言又止中進行，遑論其他？〔註2〕

1960 年 1 月 25 日，日本的中國研究專家竹內好發表演講《作為方法的亞洲》。數十年後，他已經不在人世，但思想的影響卻日益擴大，2011 年 7月，溝口雄三《作為方法的中國》在三聯書店出版。〔註3〕 此前，中文譯本已經在臺灣推出，題為《做為「方法」的中國》。〔註4〕而有的中國學者（如孫歌、李冬木、汪暉、陳光興、葛兆光等）也早在 1990 年代就注意到了《方法としての中國》，並陸續加以介紹和評述。最近 10 年的中國思想文化與文學批評界，則可以說出現了一股「作為方法」的表述潮流，「作為方法的日本」、「作為方法的竹內好」、「亞洲」作為方法，以及「作為方法的 80 年代」等等都在我們學術話語中流行開來，從 1985 年至 1990 年直到2011 年，「方法」再次引人注目，進入了學界的視野。

這裡的變化當然是顯著的。

雖然名為「方法」，但是竹內好、溝口雄三思考的起點卻是研究者的立場和研究對象的特殊性。中國何以值得成為日本學者的「方法」總結？歸

〔註1〕吳炫：《批評科學化與方法論崇拜》，《文藝理論研究》，1990 年 5 期。
〔註2〕參見夏中義：《反映論與「1985」方法論年》，《社會科學輯刊》，2015 年 3期。
〔註3〕溝口雄三：《作為方法的中國》，孫軍悅譯，北京：三聯書店，2011 年。
〔註4〕林右崇譯，國立編譯館，1999 年。

根結底，是竹內好、溝口雄三這樣的日本學者在反思他們自己的學術立場，中國恰好可以充當這種反省的參照和借鏡。日本學人通過中國這樣一個「他者」的來參照進行自我的批判，實現從「西方」話語突圍，重新確立自己的主體性。竹內好所謂中國「迴心型」近現代化歷程，迥異於日本式的近代化「轉向型」，比較中被審判的是日本文化自己。溝口雄三批評那種「沒有中國的中國學」，其實也是通過這樣一個案例來反駁歐洲中心的觀念，尋找和包括日本在內的建立非歐洲區域的學術主體性，換句話說，無論是竹內好還是溝口雄三都試圖借助「中國」獨特性這一問題突破歐洲觀念中心的束縛，重建自身的思想主體性。如果套用我們多年來習慣的說法，那就是竹內好－溝口雄三的「方法之論」既是「方法論」，又是「世界觀」，是「世界觀」與「方法論」有機結合下的對世界與人的整體認知。

事實上，這也是「作為方法」之所以成為「思潮」的重要原因。在告別了 1980 年代浮躁的「方法熱」之後，在歷經了 1990 年代波詭雲譎的「現代─後現代」翻轉之後，中國學術也步入了一個反省自我、定義自我的時期，日本學人作為先行者的反省姿態當然格外引人注目。

如果我們承認中國當代學術需要重新釐定的立場和觀念實在很多，那麼「作為方法」的思潮就還會在一定時期內延續下去，並由「方法」的檢討深入到對一系列人與世界基本問題的探索。

在中國現當代文學的領域中，我堅持認為考察具體的國家社會形態是清理文學之根的必要，在這個意義上，「民國作為方法」或「共和國作為方法」比來自日本的「中國作為方法」更為切實和有效。同時，「民國作為方法」與「共和國作為方法」本身也不是一勞永逸的學術概念，它們都只是提醒我們一種尊重歷史事實的基本學術態度，至於在這樣一個態度的前提下我們究竟可以獲得哪些主要認知，又以何種角度進入文學史的闡述，則是一些需要具體處理、不斷回答的問題，比如具體國家體制下形成的文學機制問題，國家觀念與民族意識的互動與衝突，適應於民國與共和國語境的文學闡述方法，以及具體歷史環境中現代中國作家的文學選擇等等，嚴格說來，繼續沿用過去一些大而無當的概念已經不能令人滿意了，因為它沒有辦法抵近這些具體歷史真相，撫摸這些歷史的細節。

「民國作為方法」是對陳舊的庸俗社會學理論及時髦無根的西方批評理論的整體突破，而突破之後的我們則需要更自覺更主動地沉入歷史，進

入事實，在具體的事實解讀的基礎上發現更多的「方法」，完成連續不斷的觀念與技術的突破。如此一來，「民國作為方法」就是一個需要持續展開的未竟的工程。

對文學史「方法」的追問，能夠對自己近些年來的思考有所總結，這不是為了指導別人，而是為自我反省、自我提高。自我的總結，我首先想起的也是「方法」的問題，如上所述，方法並不只是操作的技術，它同樣是對世界的一種認知，是對我們精神世界的清理。在這一意義上，所有的關於方法的概括歸根到底又可以說是一種關於自我的追問，所以又可以稱作「自我作為方法」。

那麼，在今天的自我追問當中，什麼是繞不開的話題呢？我認為是虛無。

在心理學上，「虛無」在一種無法把捉的空洞狀態，在思想史上，「虛無」卻是豐富而複雜的存在，可能是為零，也可能是無限，可能是什麼也沒有，但也可能是人類認知的至高點。是一個複雜的概念。在今天，討論思想史意義的「虛無」可能有點奢侈，至少應該同時進入古希臘哲學與中國哲學的儒道兩家，東西方思想的比較才可能幫助我們稍微一窺前往的門徑。但是，作為心理狀態的空洞感卻可能如影隨形，揮之不去，成為我們無可迴避的現實。這裡的原因比較多樣，有個人理想與社會現實感的斷裂，有學術理念與學術環境的衝突，有人生的無奈與執著夢想的矛盾……當然，這種內與外的不和諧本來就是人生的常態，對於凡俗的人生而言，也就是一種生活的調節問題，並不值得誇大其詞，也無須糾纏不休。但對於一位以實現為志業的人來說，卻恐怕是另外一種情形。既然我們選擇了將思想作為人生的第一現實，那麼關乎思想的問題就不那麼輕而易舉就被生活的煙雲所蕩滌出去，它會執拗地拽住你，纏繞你，刺激你，逼迫你作出解釋，完成回答，更要命的是，我們自己一方面企圖「逃避痛苦」，規避選擇，另一方面，卻又情不自禁地為思想本身所吸引，不斷嘗試著挑戰虛無，圓滿自我。

這或許就是每一位真誠的思想者的宿命。

在魯迅眼中，虛無是一種無所不在的「真實」，「當我沉默著的時候，我覺得充實；我將開口，同時感到空虛」（《野草》題辭）「絕望之為虛妄，正與希望相同」（《希望》）「於浩歌狂熱之際中寒；於天上看見深淵。於一

切眼中看見無所有；於無所希望中得救。」(《墓碣文》)所以，他實際上是穿透了虛無，抵達了絕望。對於魯迅而言，已經沒有必要與虛無相糾纏，他反抗的是更深刻的黑暗——絕望。

虛無與絕望還是有所不同的。在現實的世界上，盼望有所把捉又陡然失落，或自以為理所當然實際無可奈何，這才是虛無感，但虛無感的不斷浮現卻也說明在大多數的時候，我們還浸泡在現實的各自期待當中，較之於魯迅，我們都更加牢固地被焊接在這一張制度化生存的網絡上，以它為據，以它為食，以它為夢想，儘管它無情，它強硬，它狡黠。但是，只要我們還不能如魯迅一般自由撰稿，獨自謀生，那就，就注定了必須付出一生與之糾纏，與之往返。在這個時候，反抗虛無總比順從虛無更值得我們去追求。

於是，我也願意自己的每一本文集都是自己挑戰虛無、反抗虛無的一種總結和記錄。

在我的想像之中，每一個學術命題的提出就是一次祛除虛無的嘗試，而每一次探入思想荒原的嘗試都是生命的不屈的抗爭。

回首這些年來思想歷程，我發現，自己最願意分享的幾個主題包括：現代性、國與族、地方與文獻。

「現代性」是我們無法拒絕卻又並不心甘情願的現實。

「國與族」的認同與疏離可能會糾結我們一生。

「地方」是我們最可能遺忘又最不該遺忘的土地與空間。

「文獻」在事實上絕不像它看上去那麼僵硬和呆板，發現了文獻的靈性我們才真的有可能跳出「虛無」的魔障。

如果仔細勘察，以上的主題之中或許就包含著若干反抗虛無的「方法」。

2021 年 6 月於長灘一號

目次

第一輯

對於版本的關注是傳統學術的基本要義之所在。現代文學文獻整理與研究於此顯然一度多有失範之處，為現代文學研究提供紮實可靠的文獻基礎、在文獻使用上把持必要的規範與尺度乃是當務之急。

現代重要作家之中，穆旦是一個對寫作反覆進行修改的詩人——或可歸入最勤於修改的作者之列。本人較早即注意到穆旦作品的修改現象，歷十數年之功，終於在 2019 年出版了《穆旦詩編年匯校》一書。本輯兩篇長文，即以編年匯校的視域，分別對穆旦前期和晚期詩歌展開了深入細緻的討論。

穆旦的修改行為主要發生在 1940 年代，其修改動因，顯然並非出於迎合政治意識形態的需要，而是更多詩藝層面的考慮，即追求一種更為完善的詩學效果。對於這樣一種典型的詩人修改的討論，有助於揭示穆旦寫作的豐富而複雜的內涵。

同時，基於此類翔實的討論也能看到，對於作家作品編年與匯校的效應遠不僅僅止於一般層面的文獻整理，它既能全面觸及文獻整理層面的一系列內容，也完全可能容納更廣泛的研究內涵，諸如個人寫作史、文本演變史、個人寫作與時代語境的複雜關聯，等等。質言之，現代文學文獻學本身也是一種切實有效的文學史研究和文學批評方法，以文獻學的視野觀照現代文學研究，不僅能帶動文本整理的精確化，亦將帶來研究方法和研究內容的更新。

詩藝、時代與自我形象的演進
——編年匯校視域下的穆旦前期詩歌研究

　　穆旦是一個對寫作反覆進行修改的詩人——或可歸入現代中國最勤於修改的作者之列。目前所見穆旦詩歌的總數約為 156 首〔註1〕，存在異文的詩歌超過 130 首，異文總數超過 1600 條——這只是新近出版的《穆旦詩編年匯校》〔註2〕注釋條目的統計結果，實際情況當遠大於此，因為一條異文的注釋之中往往包含了多個同類項（即涉及多個版本），而且幾首改動特別大、近乎重寫的作品尚不在其列，所涉範圍之廣、版本狀況之複雜均可見一斑。

　　繁複的匯校需要與之相匹配的校讀工作成果。本篇以穆旦前期詩歌匯校為基礎，將兼及作家文獻整理中的若干問題；同時，本文亦將努力揭示出編年與匯校的效應並不止於文獻的整理，而是具有更廣泛的意義。

穆旦前期詩歌的版本譜系、異文概況與編年問題

　　穆旦詩中的大量異文，有的僅僅是標點符號、語法使用或字詞的變動，有的則是標題、短語、詩行、章節乃至詩歌形式的改變，有幾首詩從初版到再版甚至幾乎是重寫。從文獻學角度看，所有異文均可納入考察範圍之中。單一的、細微的異文或許並不至於造成理解上的誤差，但整體視之，繁多的

〔註1〕《穆旦詩文集‧1》（第3版）實錄詩歌154首，目前所知，至少另有早年的《在秋天》和晚年長詩《父與女》尚未收錄。按：《穆旦詩文集》為人民文學出版社2006年初版，2014年增訂版，2018年3版，除特別說明外，本書所稱《穆旦詩文集》均為第3版。
〔註2〕易彬匯校：《穆旦詩編年匯校》，北京：北京大學出版社，2019年。

異動顯然蘊涵了詩人美學立場或人生經驗的某些重要的變化軌跡，也關涉到時代語境的某些側面。

（一）版本譜系

對作品匯校而言，盡可能齊全地搜集、匯校其作品的各類版本自然是題中應有之義。

從目前情勢來看，穆旦前期詩歌版本主要是發表本和出版本。發表本從最初的《南開高中學生》《清華副刊》《清華週刊》，到各版《大公報》《文聚》《文藝復興》《益世報》《中國新詩》《詩星火》等，總數超過了 40 種。出版本有 4 種，其中 3 種為生前公開出版，即 1945 年文聚社的《探險隊》、1947 年自印的《穆旦詩集》和 1948 年文化生活出版社的《旗》。另一種為當時大致編定但遲至 2010 年方才出版的《穆旦自選詩集》（天津人民出版社）。從所錄篇目來看，《探險隊》錄 1937～1941 年間詩歌 24 首，有 15 首收錄到《穆旦詩集》中。《穆旦詩集》錄 1939～1945 年間詩歌 58 首，又有 22 首收錄到《旗》──該集共錄 1941～1945 年間詩歌 25 首，僅有 3 首為新增作品。《穆旦自選詩集》則是涵括了 1937 年 11 月的《野獸》至 1948 年間的大部分詩作。前 3 種詩集由穆旦本人編定出版，自是可靠的版本譜系，但嚴格說來，由家屬整理完成的《穆旦自選詩集》已非穆旦本人全部旨意的體現──詩集原稿是由穆旦「手抄或由書報雜誌所刊登他的詩作剪貼而成」[註3]，據此，手抄稿或可認為是穆旦的改定稿，但發表稿的相關剪報則顯然還不能同等對待。

發表本和出版本之外，由後世學者輯訂的《穆旦詩文集》雖然其版本原則受到異議[註4]，但終歸包含了改定稿、新材料等方面的信息，也值得列入；其他的版本還有手稿數種、選本 1 種、書信本幾種。選本的情況後文將專門涉及，書信本的情形比較簡單，即晚年多封書信涉及前期詩歌《還原作用》；手稿本的情況原本是比較複雜的，從目前的情形看，穆旦前期詩歌手稿除了《穆旦自選詩集》的底本外，可能只有楊苡、曾淑昭等友人保存的數種；晚年詩歌都是據手稿整理，應有完整的手稿本。這些原本都是非常重要的版

〔註3〕查明傳：《後記》，穆旦著、查明傳等編：《穆旦自選詩集》，天津：天津人民出版社，2010 年，第 190 頁。

〔註4〕李章斌：《現行幾種穆旦作品集的出處與版本問題》，《中山大學學報》，2009 年第 5 期。

本、且具有一定的數量，但由於種種因素的限制，筆者所掌握的手稿資料有限，這對穆旦詩歌的版本狀況雖不致產生決定性的影響，但終究是有不夠完善之處。研究者總會受到各種因素的限制，這也可說是一例吧。

（二）異文概況

以穆旦本人所編訂詩集的出版為主要參照，結合詩集所錄作品時限、實際的政治時段以及穆旦本人的寫作境遇，可大致將穆旦的詩歌寫作劃分為四個階段。

第一階段：1937 年 11 月所作《野獸》為穆旦的第一部詩集《探險隊》的篇首之作，以此為界，之前詩歌均未入集，且未再次發表。

第二階段：從《野獸》至 1948 年間的作品，往往不止一個發表本，且大部分曾入集。

第三階段：1957 年發表的 9 首詩歌，穆旦生前未入集，且均未再次發表。

第四階段：1975～1976 年間的詩歌，均是穆旦身後發表和入集的，有手稿本、書信本、發表本以及最終整理本等不同形態。

很顯然，修改的重心在於第二階段的詩歌。每次重新發表或結集之際，穆旦都會對寫作進行或顯或微的修訂，這使得相當一部分詩歌存在 3 個或更多版本。此一階段穆旦詩歌約為 110 首，僅有《園》《風沙行》等 10 首不存在異文。第一階段的詩作未被穆旦收入任何一部詩集，可見成年穆旦對於這些「少作」的態度是很明確的，即擯棄不錄。不過比照發表本與通行本，卻還是有著不少文字差異。後兩個階段的作品產生於特殊時代，穆旦本人又較早去世，不存在較多修改也屬正常，饒是如此，也還是出現了《冬》《停電之後》這般突出的修改事實。本文將第一、二階段合稱為前期，固然有美學的和政治的含義，即以新中國成立這一特定的歷史階段為界限來劃分；也是基於文獻學視角，即作者對於寫作的修改程度，以及作品本身所呈現出來的複雜版本狀況。

基於上述情勢，可以認為穆旦詩歌之所以會出現眾多版本與異文，主要肇因於穆旦對於詩歌的反覆修改，也即，詩歌的版本狀況主要跟穆旦本人的修改意志有關，是由穆旦本人的意志所主導的。當然，後文的討論也將顯示穆旦詩歌的版本問題並不止於此。

可附帶指出的是，穆旦對翻譯也多有修改，其中也不乏複雜之處。妻子周與良在整理穆旦遺譯時多次談到修改的情況，如指出 1983 年版普希金

《歐根・奧涅金》是在 1957 年版的基礎上加以修改的,「幾乎每行都用鉛筆做的修改和新加上去的注釋」〔註5〕。研究者如馬文通較早即注意到穆旦譯作的修改情況。〔註6〕後續研究則以一批譯文修改實例為基礎,從主流意識形態的影響、譯者的人生經歷、中國文化的接納等方面對其所譯拜倫詩歌的修改做了更為細緻的討論。〔註7〕在其他一些翻譯行為中,如所譯季摩菲耶夫《文學原理》的《譯者的話》與正文,不同版本間亦有不少異文。

詩歌和翻譯是穆旦寫作的兩大主要文類,其他文類作品寫作量小,穆旦生前從未結集出版,總體上說是缺乏修改的語境,此類作品都只有一個版本,但研究者指出 2014 年《穆旦詩文集(增訂版)》所增補的散文存在若干文字層面的狀況。〔註8〕實際上,比照發表本與詩文集本,此前已收錄的部分篇目也存在文字差異。此種情況,部分是整理者對於原文錯漏的校訂(但未做明確標識或編校說明),更多的則應是謄抄和整理過程中所產生的錯漏。

(三)個別詩歌的權屬問題

穆旦詩中有幾首(組)比較奇特的「組合詩」,如前期的 *To Margaret*、《飢餓的中國》,後期的《冬》等。這些詩分多章,但各章寫作時間不一,有的在發表和入集時又有分歧,其權屬問題值得注意。

To Margaret 是第 3 版《穆旦詩文集》最新披露的詩歌,未見發表信息,是穆旦 1944 年 8 月抄送給曾淑昭的一個組詩,奇特處在於,該組詩共有六首,之一為《春》,之二為一首未見刊的詩歌,之三至五為《詩八首》之六至八章,之六為《自然底夢》,也就是說,它雜合了三首不同時間的、完整的詩,又從另一個組詩中抽取三章。《飢餓的中國》與《時感四首》《時感》都有關聯。一開始是《時感四首》刊載於 1947 年 2 月 8 日《益世報》,而後,《飢餓的中國》刊載於 1948 年 1 月《文學雜誌》第 2 卷第 8 期,其第 5 ～7 章即《時感四首》的第 2～4 章。《冬》分 4 章,各章內部結構多有講

〔註5〕周與良:《後記》,〔俄〕普希金:《歐根・奧涅金》,查良錚譯,成都:四川人民出版社,1983 年。

〔註6〕馬文通:《談查良錚的詩歌翻譯》,杜運燮等編:《一個民族已經起來》,南京:江蘇人民出版社 1987 年,第 78 頁。

〔註7〕高秀芹、徐立錢:《穆旦 苦難與憂思鑄就的詩魂》,北京:文津出版社,2006 年,第 165～179 頁。

〔註8〕凌孟華:《〈穆旦詩文集〉增訂本增補散文求疵》,《廣播電視大學學報》,2016 年第 2 期。

究，整體結構卻明顯不均衡，前兩章的差別尤其明顯：第 1 章分 4 節，每節 5 行；第 2 章分 3 節，每節 4 行；第 3 章分 4 節，每節 4 行；第 4 章分 4 節，每節 4 行。此一狀況蓋因於各章並非完成於同一時間，這類信息可見於穆旦當時的書信。

對於此類作品的權屬，《穆旦詩文集》的處理方式是：（1）未完整列出 *To Margaret*，而是將此前未披露過的、很可能也未發表過的第二章單獨抽出，題目仍作 *To Margaret*。（2）《時感四首》如舊，《飢餓的中國》仍列出 7 章，其第 5～7 章則以「存目」的方式處理，即明確標注見《時感四首》之 2～4 章。（3）將《冬》四章合為一首詩完整刊出。

上述處理方式或有可議之處：（1）看起來，*To Margaret* 中的各章或為獨立的詩篇，或是其他詩中不可拆除的章節，而作品本身又並未曾合在一起發表，只見於書信場合，將新的一章單獨抽出，予以適當說明，是唯一的、也是合理的處理方式。須指出的是，新近發現的材料表明，獨立成詩的這一首 *To Margaret* 當時曾以《拜訪》為題發表於 1943 年 5 月 25 日的《春秋導報》，且署了一個不為人知的筆名「莫扎」。〔註9〕（2）「存目」的方式雖是兼顧了兩次發表的情況，但詩歌之權屬終究顯得雜糅不清，不便於閱讀，也會妨礙闡釋。實際上，從《穆旦自選詩集》來看，穆旦本人對此應是有過考慮，可能是傾向於將《時感》與《飢餓的中國》分開，即《時感四首》僅僅保留其第 1 章，題作《時感》，《飢餓的中國》則如《文學雜誌》版的樣式，列出 7 章。何謂「傾向於」呢？從《穆旦自選詩集》的目錄頁上可以看到，《時感》這一詩題之上有「可不要」的字樣。相較而言，基於獨立成詩的原則，《穆旦詩編年匯校》依《穆旦自選詩集》，單列《時感》，而將《時感四首》的後 3 節列入《飢餓的中國》，《時感四首》則不另列出。（3）《冬》的情形不盡相同，其間不涉及與其他詩篇重合的情形，也不涉及發表的問題，但從當時的材料來看，穆旦曾給杜運燮、江瑞熙、董言聲、楊苡等人抄錄此詩，但均只有一章或兩章，從未有過四章全部抄錄的情形。穆旦晚年作品都是由家屬整

〔註9〕楊新宇：《〈穆旦詩編年匯校〉的意義——兼談新發現的穆旦筆名》（未刊稿，2020 年 3 月 28 日提供）。按：《春秋導報》的相關信息此前未進入穆旦研究者的視野，實際上，該刊隨後曾連載署名查良錚的《苦難的旅程——遙寄生者和紀念死者》一文，相關討論參見李煜哲《從「苦難」到「祭歌」：穆旦的緬戰經歷敘述之變——從穆旦集外文〈苦難的旅程——遙寄生者和紀念死者〉說起》，《現代中文學刊》，2019 年第 3 期。

理發表的，首次刊發於《詩刊》（1980 年第 2 期）時即為四章合刊，這麼處理一定有某種確切的理由，但結合詩歌本身的結構以及相關書信來看，也未必沒有其他的可能性。實際上，《冬》的修改是穆旦晚年寫作中的重要事件，相關討論集中在第一章，與後三章基本上沒有關聯。

除了上述三首（組）外，《祈神二章》（初題為《合唱二章》）與長詩《隱現》有重合的現象，也可說是存在權屬問題，相關情形隨後再討論。

（四）編年問題

統觀穆旦的全部寫作，大部分作品均明確標注了具體寫作日期，便於編年。此一工作基本上已由 1996 年版《穆旦詩全集》完成，《穆旦詩文集》雖非編年體，也在編年問題上有所精進，且後出兩版對此前的一些錯漏均有所訂正。但總體來看，仍有少量編年不夠精確的例子，有必要重新處理。

大致說來，導致編年不精確的因素主要有三類。一類是因為文獻的隱沒而導致編年失誤的現象。典型例子即長詩《隱現》。最初是根據天津版《大公報・星期文藝》（1947 年 10 月 26 日）等處的發表信息（未署寫作時間）以及《穆旦詩全集》版所署置的時間，認為該詩作於 1947 年 8 月。不過，敏銳的研究者較早時候即根據零散的信息指出「《隱現》一詩的大體內容最晚在 1945 年就已經寫好，而且詩人對它相當重視」〔註10〕事實也是如此，新近發現的《隱現》更早時期的版本（《華聲》第 1 卷第 5～6 期，1945 年 1 月）即顯示，其寫作時間在 1943 年 3 月，即從軍歸來不久。據此，「1947年 8 月」實際上是重訂《隱現》的時間。

曾收入 1996 年版《穆旦詩全集》的散文詩《夢》的編年問題涉及刊物的狀況。這是南開中學時期首次、也是唯一一次署名「穆旦」的作品，刊發於《南開高中學生》時署「十六、十二月晚」，未署年份。現行穆旦詩文集將刊物信息署為「1934 年秋季第 4、5 合期」，一般研究也將其認定為 1934年底的作品。但細緻檢索原刊可發現，作為中學校園刊物，每個新學期伊始，出版幹事會職員就會有所變動，人事變動、編輯的非專業性以及其他一些現實因素（如稿源不足），事實上使得《南開高中學生》存在不少出版衍期、期號標識不明等現象。實際上，該刊為第 1 卷第 4、5 期合刊，而第 1

〔註10〕 李章斌：《現行幾種穆旦作品集的出處與版本問題》，《中山大學學報》，2009年第 5 期。

卷為 1933 年下半年開始出版，因此《夢》當是 1933 年 12 月 16 日所作。新文學版本學家業已指出，書刊的版本信息多有複雜之處，實物和版權頁有必要仔細甄別〔註 11〕，此即一例也。

一類是詩末所署寫作時間存在變更，即不同版本所署寫作時間有差異，包括《童年》《在曠野上》《智慧的來臨》《給後方的朋友》《旗》《城市的舞》《詩》《紳士和淑女》等。如《童年》，初刊本和手稿本均署「一九四〇，一月」，初版本未署日期，《穆旦自選詩集》本和詩文集本署「一九三九，十月」；《智慧的來臨》的初刊本署「一九四一年二月」，初版本署「一九四一，一月」，《穆旦自選詩集》本和詩文集本署「一九四零，十一月」；《城市的舞》《詩》《紳士和淑女》初刊於《中國新詩》時，均未署寫作時間，稍後編訂的《穆旦自選詩集》，《城市的舞》署「一九四八，四月」，另兩首署「一九四八，八月」；詩文集本一律署為 1948 年 4 月。〔註 12〕上述各詩的不同版本，所署時間有一到數月的差距。

還有一類是未署寫作時間、且無旁證可以確斷寫作時間的詩歌，如《出發──三千里步行之一》《原野上走路──三千里步行之二》《祭》《窗──寄日後方某女士》《悲觀論者的畫像》《華參先生的疲倦》《傷害》《活下去》《雲》等。其中，前兩首同以 1938 年從長沙到昆明的步行遷徙經歷為寫作對象，刊載於 1940 年 10 月重慶版《大公報》，從穆旦當時的發表情況來看，此前各版《大公報》已刊登其數首詩歌，表明其已有一定的發表渠道，這兩首詩歌的寫作時間很可能已是 1940 年中段。這番推斷看起來有其合理之處，但終歸也缺乏確切的證據。

對於這幾類詩歌，第一類自是可依據新的材料來重新編年。更多情形處理起來則有些棘手，蓋因無確證而只能尋求某種策略。對於第二類作品，考慮到穆旦作品的發表週期往往並不長，更早時期的發表本所負載的時間信息應更為準確，因此可依據初刊本或初版本所標注的時間來編年，而將後出信息作為備註參考。如《童年》，即可從初刊本，認定為 1940 年 1 月。對於第三類作品，穆旦生前出版的三部詩集的編排或可參照。三部詩集特別是《探險隊》，大致是按照寫作時間先後順序進行編排，部分無法確定具體寫作時間

〔註 11〕參見朱金順：《新文學版權頁研究》，《文學評論》，2005 年第 6 期。
〔註 12〕穆旦前期詩歌末尾的寫作時間信息均署漢字，如「一九四一，一月」，現行穆旦作品集一律改為阿拉伯數字，即「1941 年 1 月」。

的作品可以參照詩集的編排順序而做出細微的調整——編年體《穆旦詩全集》並未完全遵照此一順序，又未給出確切的編排理由，由此造成了一些不夠精確之處。如曾收入《探險隊》的《祭》，詩末未署寫作時間，《穆旦詩全集》編入 1939 年，但《探險隊》將其排在《童年》之後，本書既確定《童年》作於 1940 年 1 月，故將《祭》編入 1940 年，並排在《童年》之後。其他的如《鼠穴》《夜晚的告別》等詩編排順序的調換也是基於同一理由。至於部分同期發表、但所署時間相同的，或者在某些刊物同時發表、但並沒有明確標明寫作時間的作品，如《一棵老樹》（《文聚叢刊》第 1 卷第 5、6 期，1943 年 6 月）所載《自然底夢》等 3 首詩、天津版《益世報》3 次所載詩歌小輯（分別為 4 首、4 首、7 首）、《中國新詩》所載《城市的舞》等 3 首詩，均以發表時間的先後或刊物的實際編排順序編入。或可一提的是，《漫漫長夜》一詩，未曾入集，其初刊本亦未署寫作時間，但詩文集本將發表時間署為「1940 年 4 月」，不知何據。

此外，晚年詩歌的編年問題也比較突出。穆旦晚年作品均是本人逝世之後被整理發表的，其中約有 40%的作品沒有標注確切的寫作時間，存在編年問題；同時，作品的編排也帶有比較突出的編者意願，「將兩首寫作時間難以確斷的作品編入 1975 年，又將兩個有確切寫作時間的作品分別編排在 1976 年寫作的首位和末位，中間貫穿著若干寫作時間無法確定的作品，可謂是包含了某種人為的編輯意圖」，「目前所見穆旦晚年寫作圖景乃是個人寫作、時代語境和編者意願共同融合的一種奇妙混合物」。本書下一篇對此將已有專題討論，此處不再贅述。

相較於晚年詩歌的編年問題，穆旦前期詩歌所涉及的詩歌更多，不過除了《隱現》等少數作品外，其編年問題並不算突兀，因此本文將編年後置為一種總體背景，而主要基於匯校展開——鑒於穆旦詩歌的異文非常繁複，實際討論將予以分類，先談各類技術性問題，再根據修改的程度次第展開。

異文分析（一）：各類技術性的問題

所謂技術層面的因素，大致指各類作者本人意願之外的因素。有些因素看起來比較明顯，如語言衍化現象、書寫與印刷等；有的則有其隱秘之處，有待更細緻的梳理。

（一）語言衍化現象

現代漢語衍化過程中所出現的某些現象，如繁簡體、異體、通假等，均會形成一定量的異文。如表示疑問的「哪裏」往往寫作「那裡」，「和諧」往往寫作「合諧」，「年輕」往往寫作「年青」，此外，還有「做」寫作「作」、「像」寫作「象」（「好像」）、「相」寫作「像」（「相片」）等。凡此，《穆旦詩文集》多半是基於現代漢語的習慣用法而徑直做出改動。不過也有的複雜情形被保留，比如「底」字。「底」（音 de）為助詞，用法與「的」（音 de）大致相同，用在作定語的詞或詞組後面，表示對中心語的領屬關係。這種用法在現代中國較多出現，但現已基本上統用為「的」，「自然底夢」即「自然的夢」。在《穆旦詩文集》的一些此類情形中，「底」被直接替換為「的」，也有部分「底」保留。

（二）書寫條件、印刷技術、新聞審查等方面的因素

現代中國印刷條件往往簡陋，文稿又為手寫體，難辨的字跡或排印技術均可能帶來錯誤。有觀點認為：「我們今天對現代文學文本的初刊本或初版本的校勘，事實上常常是在糾正當初排版中的誤排以至作者原稿中的筆誤」。〔註13〕誠如其言，穆旦詩中的不少異文，有些即可明顯見出是當初書寫或排印錯誤所致，如「噪音」誤排為「燥音」，「急躁」誤排為「急燥」，「怒放」誤排為「努放」，「盛開」誤排為「盛裏」，「雄踞」誤排為「雄距」等。對此，《穆旦詩文集》基本上是採取直接訂正而不予說明的策略。

脫字、衍字、闕文等現象也有一定量的存在。《蛇的誘惑——小資產階級的手勢之一》的初版本（《探險隊》）中即有明顯的錯字和脫字現象：

> 衣裙蟋蟀□響著，混合了
>
> 細碎，嘈雜的話聲，無目的地
>
> 隨著虛晃的光影飄散，如透明的
>
> 灰塵，不能升起也不能落下。

「蟋蟀」用在此處明顯不當——「窸窣」看起來更為合理。令人訝異的是，初刊本（香港版《大公報》，1940 年 5 月 4 日）和《穆旦自選詩集》版亦是如此。現行穆旦詩集通行本徑直訂正為「窸窣」。「響著」前則是脫落一字，

〔註13〕解志熙：《老方法與新問題——從文獻學的「校注」到批評性的「校讀」》，《考文敘事錄——中國現代文學文獻校讀論叢》，北京：中華書局，2009 年，第 1 頁。

初刊本和《穆旦自選詩集》版均作「擦響著」,《穆旦詩文集》版則作「,響著」。更合理的做法應是從初版本作「擦響著」。

《防空洞裏的抒情詩》的初刊本(香港版《大公報》,1939 年 12 月 18 日)結尾的兩處闕文則帶有鮮明的時代色彩:

誰勝利了,他說,□□□□□□?

我笑,是我。

當人們回到家裏,彈去青草和泥土,

從他們頭上所編織的大網裏,

我是獨自走上了□□□□□,

而發見我自己死在那兒僵硬的,

滿臉上是歡笑,眼淚,和歎息。

對照後來的版本,前一處闕文為「打下幾架敵機」,後一處為「被炸毀的樓」。看起來,初刊本的闕文應該是和新聞檢查有關,即用空格符號替代了一些看起來有些敏感的表達對象。當期所載廠民的《龍游河之歌》有 6 處文字、曾迺敦的詩歌《送征人》有兩處文字被「□」代替。

(三)標點和排版

在不同版本中,標點的異動可謂非常之多。主要出現在行末,部分屬脫落或衍出,或屬排版誤,如「,」作「;」或「。」,「。」作「;」或「!」,等等;也有的是現行通行本依據現代漢語的表達習慣所做的改動,如詩行之中的名詞間的「,」多被改作「、」。

排版方面的狀況大致有二:其一是過長的詩行的排版問題。《一九三九年火炬行列在昆明》《隱現》《我歌頌肉體》等詩,部分詩行偏長,明顯超出了一般書報刊版式的一行所能容納的範圍。檢視各類版本(從早年的期刊到《穆旦詩文集》),其做法倒是基本一致的,即照一行所能容納的最大字數來排,多出的部分另起一行,但由於各個版本一行所能容納的最大字數並不相同,實際版式也就有所參差。其二,行首空格的問題。部分詩行非頂格排版,行首有一到數字的空格,在不同版本之中,空格亦有差異。

總的來看,標點、排版等方面的情形基本不會影響閱讀和理解,也不具備詩學的考慮,但也有比較微妙的情形在,比如《我》的第 3、4 節:

遇見部分時在一起哭喊,

是初戀的狂喜，想衝出樊籬，
伸出雙手來抱住了自己

幻化的形象，是更深的絕望，
永遠是自己，鎖在荒野裏，
仇恨著母親給分出了夢境。

梁秉鈞指出：「第三段最末一行至第四段第一行是唯一跨行句，如果孤立地讀是『伸出雙手來抱住了自己』，是自我封閉的態度；如果連起來讀是『伸出雙手來抱住了自己幻化的形象』，是向外投射、尋覓、求證，結果『是更深的絕望』。這裡詩人巧妙地利用了跨段跨行的欲斷欲連，寫出自閉和外求的兩難之境。」〔註14〕這是非常好的識見。縱觀穆旦的寫作，將分（跨）行處理得如此精妙的情形並不多見。該詩的不同版本中異文不多，且不涉及分行的問題，但初刊本（重慶版《大公報》，1941年5月16日）「伸出雙手來抱住了自己」一行，行末多一個標點，而且是一個「。」，如是，則第三段最末一行至第四段第一行的情形為：

伸出雙手來抱住了自己。

幻化的形象，是更深的絕望，

實際上，初刊本前3節最末一行行末均作「。」，其餘各版則是前兩節末作「，」，第3節末沒有標點，即梁秉鈞所討論的情形。這番異動究竟是穆旦本人所為還是手民的誤植，自是已無法確斷，但從結果來看，初刊本如是處理，標點前後統一，但詩行也被明確劃開——「自己」與外界的關聯被完全切斷，這對詩歌的讀法及其意義生成均有影響。後出版本去除標點，分（跨）行的詩學意義才得以凸顯。

（四）作品謄抄與後出版本

作品整理謄抄過程中所產生的文字差異也有必要單獨一說。《野獸》之前的作品均只有一個發表本，對照《穆旦詩文集》，其間所存在的文字差異，部分可看作是編者對於文字訛誤的訂正；部分則很可能是謄錄或排印之誤。以

〔註14〕梁秉鈞：《穆旦與現代的「我」》，杜運燮等編：《一個民族已經起來》，南京：江蘇人民出版社，1987年，第50頁。

較多刊載穆旦最初的詩歌創作的《南開高中學生》為例,初版《穆旦詩文集》曾誤將刊名寫作《南開高中生》,且所錄詩歌,文字、標點、分行等方面的狀況亦不少。後兩版《穆旦詩文集》訂正了部分錯漏現象,但仍有少許類似的情形在。

《野獸》之後的詩歌亦有類似情況,那些未曾入集的詩歌的相關文字差異可確斷是文字整理過程中所衍生的錯訛。如《出發——三千里步行之一》,《穆旦詩文集》版的差異多達 14 處,如「叢密」作「濃密」,「豐美」作「豐富」,「急灘」作「急流」,「流汗,掙扎」作「流著汗掙扎」,「薄霧」作「濃霧」等;其他的如《原野上走路——三千里步行之二》《漫漫長夜》《悲觀論者的畫像》等,均有數處狀況。那些曾入集的詩歌,有的文字差異似也可歸入此類,但目前缺乏足夠的證據,不便論斷。

《穆旦自選詩集》以穆旦本人所編定的材料為基礎,列出了不少異文,旨在呈現穆旦寫作的修改狀況,情形又不盡相同。總體來看,對穆旦詩集的編排而言,這是一次新的嘗試,部分包含了匯校的性質,其整理者也有意識地突出了這一事實;但嚴格說來,其輯校原則尚有待完善。《後記》稱「為求版本可靠」,「審校極其慎密,單字及標點均不放過」〔註15〕,但這一輯校原則並沒有把握好。大致而言,所存在的狀況有二:一是編者所依據的僅是部分材料,仍有不少重要版本被遺漏;二是就實際校勘而言,也存在不少異文未出校的現象,且在校本的指認上偶有失誤。從版本的角度來看,文獻輯錄、整理過程之中所出現的這類狀況無疑是值得注意的現象——由後人所整理完成的選本往往存在此類或顯或微的問題,此即一例也。

進一步看,就一般情況而言,《穆旦自選詩集》所錄詩作量大且有明確的修改舉措,明確包含了穆旦總結此前寫作的意圖(這一話題後文仍將涉及),有著定稿本的性質,但從實際出版物中所存在的諸種狀況來看,當年的編訂工作顯然並未最終完成,並不足以視其為定稿本。廓大來看,鑒於穆旦 1977 年初即去世,無力對其後期詩歌以及詩歌(總)集進行全面修訂,這意味著就總體情況而言,穆旦詩歌並不存在定本(「最終修訂稿」)的概念。

〔註15〕查明傳:《後記》,穆旦著、查明傳等編:《穆旦自選詩集》,天津:天津人民出版社,2010 年,第 191 頁。

異文分析（二）：標題與字詞的異動

穆旦詩歌的異文非常繁複，如下將根據修改的程度分別予以討論，本小節擇要述及一些較細微的部分，先看標題和詩行中一些字詞的異動情況。標題和字詞的異動看似細微，其中也是多有深意。

（一）標　題

標題的異動多來自第二階段的詩作：

初題／刊物或詩集	改題／刊物或詩集
《Chorus 二章》／《大公報》《探險隊》	《合唱》／《穆旦詩集》《穆旦自選詩集》
	《合唱二章》／《穆旦詩文集》
《「有錢出錢，有力出力」》／《大公報》	《祭》
《懷念》／楊苡所存手稿〔註16〕	《寫在鬱悶的時候》／《今日評論》
	《童年》
《蛇的誘惑──小資產階級的手勢之一》	《蛇的誘惑》／《穆旦自選詩集》
《玫瑰之歌》	《夢幻之歌》／《穆旦自選詩集》
《寄後方的朋友》／《自由中國》	《控訴》
《詩》／《文聚》	《詩八章》／《穆旦詩集》《穆旦自選詩集》
	《詩八首》／《旗》《現代詩鈔》《穆旦詩文集》
《詩》／《大公報》	《出發》
《合唱二章》／《文聚》	《祈神二章》
《催眠曲》／《文學報》	《搖籃歌》
《拜訪》／《春秋導報》	To Margaret／《穆旦詩文集》
《詩》／曾淑昭所存手稿	《寄──》
《給戰士》	《給戰士──歐戰勝利日》／《穆旦詩文集》
《森林之歌──祭野人山上的白骨》／《文藝復興》	《森林之歌──祭野人山上死難的兵士》／《文學雜誌》
	《森林之魅──祭胡康河谷上的白骨》
《成熟》／《大公報》等	《裂紋》／《旗》

〔註16〕2002 年 6 月，我曾到北京採訪過穆旦當年的幾位友人，其時，楊苡先生出示了幾份穆旦抄送給她的手稿，包括《懷念》《自然底夢》《智慧的來臨》《冬（第 1 章）》等。這些手稿中也存在不少異文。

《給 M──》／曾淑昭所存手稿	《重慶居》／《詩地》
	《流吧，長江的水》
《誕辰有作》／《大公報》	《三十誕辰有感》
《良心頌》	《心頌》／《穆旦自選詩集》
《發見》	《發現》／《穆旦詩文集》
《停電之夜》／致郭保衛的信	《停電之後》

（說明：本表凡未列出刊物或詩集信息的，均指包括通行本在內的其他各版本情況相同。）

　　表中所列為穆旦詩歌標題異動的主要情形，共 20 首，所佔比例超過全部詩作的 1／10，應該說是比例很不小了。多數是微調，其中包括副題的增刪。如《給戰士》，《穆旦詩文集》版的副題其實出現在初版本（《穆旦詩集》）的結尾處──「一九四五，五九。歐戰勝利日。」而且，在初刊本（《益世報》，1947 年 6 月 7 日）和後來的詩集《旗》《穆旦自選詩集》中，所署寫作時間也略有差異，即僅署「一九四五，五月」。重置寫作時間，又將「歐戰勝利日」這樣一個應景的時間點植入標題，應是為了凸顯觸發寫作的特殊機緣──凸顯「勝利」之於戰士的「生」的意義，即如詩歌最末一行所寫：「看看我們，這樣的今天才是生。」

　　也有的標題完全改變。*To Margaret* 和《流吧，長江的水》都跟曾淑昭有關。嚴格說來，*To Margaret* 這一詩題是編者在未獲知當初發表信息的情況下而做的命名，詩題應回調為《拜訪》。《流吧，長江的水》，初刊時題為《重慶居》，應跟詩人當時生活在重慶有關──「居」，或許包含了某種生活企盼的意念；而在最初最初抄送給「女友」曾淑昭時所用《給 M──》，也是包含了情感指向性，M 即曾淑昭英文名 Margaret 的縮寫──最終確定為《流吧，長江的水》，題目偏於平實，但也可能包含了詩人對於「既然一切是這樣決定了」式情感終結的態度。〔註 17〕《「有錢出錢，有力出力」》源自抗戰時期一句流行的口號，明顯帶有時代色彩──1937 年的話劇《盧溝橋》的插曲《勝利的明天》亦名《有錢出錢，有力出力》（田漢詞、張曙曲），袁

〔註 17〕語出穆旦抄送給曾淑昭的《贈別》，此詩不同於穆旦的另一首同題詩，它未曾發表，一直由曾淑昭所保存，首次見披於第 3 版《穆旦詩文集》。不過，目前只能獲知關於《給 M──》的相關信息，手稿本身未見披露。另，關於新見曾淑昭材料的討論可參見本書第三輯第二篇的討論。

水拍早年詩歌《中國勞動者》中亦有「有錢出錢，有力出力」的句子。以此
為題，顯示了穆旦對於時代流行話語的認同；改題為《祭》，可視作是有意
抹去了時代話語的痕跡，同時也加強了某種悲憫的色彩。從近乎「無題」的
「寄後方的朋友」到充滿主觀興味的「控訴」，既顯示了現實之於穆旦的意
義，也外化了穆旦詩歌的主觀興味。

有的則可能是出於強化藝術效果的考慮，比如以 1942 年參加中國遠征軍
的「野人山經歷」為背景的《森林之魅——祭胡康河谷上的白骨》，較早時期
曾題作《森林之歌》——副題亦曾作「祭野人山死難的兵士」。「歌」和「兵士」
均是一般意義上的稱語，「魅」和「白骨」則不然：「魅」是傳說中的鬼怪，「白
骨」是死亡的具象，是作戰及撤退途中生命消亡最為切實的圖景——一個鮮
活的生命在短時間內即被蟻蟲噬去皮肉，白骨也是生命消亡最為迅速的圖景。
從「歌」到「魅」，從「兵士」到「白骨」，措辭的深沉意蘊大大地加強了。

從文獻整理的角度來看，還有一些因素或涉及《穆旦自選詩集》這部近
於改訂本的詩選或涉及當下的穆旦詩集通行本，亦能引申出一些值得注意的
看法：其一，《Chorus 二章》《給戰士》《發見》等詩，通行本《穆旦詩文集》
中的詩題不見於先前各版本，是否謄錄錯誤亦不可知。其二，部分詩歌如《詩》
《贈別》《成熟》《農民兵》，其初版本（《穆旦詩集》）均排為兩首，格式如《詩
（一）》《詩（二）》；《農民兵》的再版本（《旗》）亦是分排為兩首。但在通行
本之中，這幾首詩均合為一首（分兩章）。這種做法看起來更像在今日之編輯
法則使然。其三，《玫瑰之歌》《良心頌》兩詩在後出的《穆旦自選詩集》中所
存在的異題，應是更接近穆旦最終的想法；而《誕辰有作》與《三十誕辰有
感》這兩個題目存在時間交錯的現象，前者除了初刊本之外，亦見近於改定
本的《穆旦自選詩集》，後者見於再刊本和通行本，這番錯亂的景狀在文獻整
理和具體研究中也是值得注意的。

（二）字　詞

字詞方面的異文，部分肇因於前述各種技術性因素，更多的則源自穆旦
本人的反覆修改。解志熙教授在仔細校讀了《隱現》的兩個版本後指出：「任
何人都不難發現修訂本的所有修改幾乎都是修辭性的，修辭性的修訂當然體
現了穆旦精益求精的藝術苦心，表明他對自己的這首長詩的重視」〔註18〕實

〔註18〕解志熙：《一首不尋常的長詩之短長——〈隱現〉的版本與穆旦的寄託》，《新

際上，整體視之，前述關於標點、空格、分行等情形的不同處理，基本上都是修辭性的修訂，字詞的調整方面，比如在不同版本中，《防空洞裏的抒情詩》的「這是上海的申報，唉這五光十色的新聞」一行，「五光十色」亦作「五花八門」；《玫瑰之歌》中「當黃昏溶進了夜霧，吞蝕的黑影悄悄地爬來」一行，「吞蝕」亦作「窒息」；《讚美》中「是憂傷的眼睛期待著泉湧的熱淚」一行，「憂傷」亦作「枯乾」或「乾枯」；《流吧，長江的水》中「那時我們的日子全已忘記」一行，「忘記」亦作「過去」；《飢餓的中國》中「是金價？是糧價？我們幸運的曬曬太陽」一行，「糧價」亦作「食糧」。穆旦詩歌修改的相當部分，均是此類細微的異動，對詩歌意義、作者思想的讀解不會產生重要的影響，均可稱之為「修辭性的修訂」。

但字詞改動而產生重要意義的情形也不在少數。穆旦稍早的作品、現已視為其代表性詩作、被闡釋程度屬最高級別的《詩》（《詩八章》／《詩八首》），其不同版本多有異文，且其修改已經得到學界的較多討論。字詞方面的有一個很有意味的例子，在第一節的如下兩行之中（為《穆旦詩集》版）：

> 從這自然底蛻變底程序裏，
>
> 我卻愛了一個暫時的你。

在初刊本（《文聚》第 1 卷第 3 期，1942 年 6 月 10 日）之中，「暫時的」作「被併合的」。有研究從「被併合的」這一異文引出了穆旦的精神背景的話題，即根據《聖經》的記述，「《聖經》記述上帝創造了亞當，然後又取下他的一條肋骨造成一個女人。因此，人要離開父母，與妻子連合，二人成為一體。這種連合，事實上就是詩人筆下的『併合』，這也就是為什麼穆旦詩歌中寫到男女愛情時，總是喜用『殘缺』、『殘缺的部分』、『部分』、『變形』、『併合』這類字彙的宗教來源。雖然詩人後來將『被併合』改為『暫時』，但詩人構思創作時潛伏著基督教文化背景，這一點當無異議。」〔註19〕

其他的，《活下去》《反攻基地》《被圍者》《誕辰有作》等不同時間點的詩歌的修改也都是典型的例子。《活下去》從初刊本（《文哨》第 1 卷第 1 期，1945 年 5 月 4 日）到初版本（《穆旦詩集》，1947 年），有一些非常突出的異文，現舉兩例：

詩評論》2010 年第 2 輯。
〔註19〕王毅：《細讀穆旦〈詩八首〉》，《名作欣賞》，1998 年第 2 期。

「那裡已奔來了即將治療我們一切的」→「那裡已奔來了即將
解救我們一切的」

「屈辱，憂患，破滅，再活下去」→「希望，幻滅，希望，再
活下去」

「迅速地，時間的長久呻吟就要墜落在」→「誰知道時間的沉
重的呻吟就要墜落在」〔註20〕

第一處，「解救」一詞可能給穆旦留下了深的印象，《不幸的人們》（1940
年9月）中亦有「而海，這解救我們的猖狂的母親」。「治療」，所強調的是某
種病態；「解救」，既凸現了某種被圍困的生存狀態——該詩前一行中「包圍」
一詞，隨後更是有《被圍者》一詩；也關涉到信仰的命題，陷入生存困境之
中，面臨著某種精神危機，祈求某種拯救。

第二處涉及穆旦詩歌中最為頻密、也最為重要的幾個詞之一，「希望」。
比較突出的例子，如《中國在哪裏》（香港版《大公報》，1941年4月10日）
中有：「希望，繫住我們。希望／在沒有希望，沒有懷疑／的力量裏……」；
《時感四首》（天津《益世報》，1947年2月8日）中有：「我們希望我們能
有一個希望，／然後再受辱，痛苦，掙扎，死亡」，「而在這起點裏卻積壓著
多年的恥辱：／冷刺著死人的骨頭，就要毀滅我們一生，／我們只希望有一
個希望當作報復。」在穆旦詩歌中，「希望」一詞有時是有具體所指，有時
則被有意抽象化，如上兩例即屬於後者。在「希望，幻滅，希望，再活下去」
這一表述中，內蘊著情感的激蕩，有著魯迅所謂「絕望之為虛妄，正與希望
相同！」（《野草·希望》）的效應。〔註21〕此外，「幻滅」與「幻想底乘客」
（1942年12月作）也構成了對應。「屈辱，憂患，破滅」這一表述，單獨
來看，三個詞都很有分量，但並置起來卻並不具備內在的序列，不能激起足
夠大的張力。

第三處中，句式發生了變化，「誰知道……」，是一個疑問句。穆旦詩歌
較多施用了「誰」這個不確指的疑問代詞，不確指意味著某種不確定性，在
某些時候，這種不確定性又帶有超驗色彩，即對於自身不能把握的東西的追
尋，《野獸》（1937年11月作）的開頭即寫到，「黑夜裏叫出了野性的呼喊，

〔註20〕所引詩句中的著重號均非原有，而是本文為了突出異文的對比效果而添加
的。
〔註21〕參見本書第二輯第二篇的討論。

／是誰，誰噬咬它受了創傷？」〔註22〕在《活下去》中，「誰知道……」這一疑問句將「我們」懸置於「時間」之後，「我們」「彌留在生的煩憂裏」，不知道「時間」將要「墜落」──時間是一股「永恆的」力量，「時間墜落」意味著「時間」對於「我們」的壓制，將使「我們」的現實基點變得更為脆弱、不穩定──卻也將更加激發「活下去」的信念。相較之下，初版本中「迅速地……」，明確外化了「我們」對於現實的感知能力──意識到「時間」將「迅速地」墜落，這樣一個肯定性句式，對於個體境遇的傳達，其效果看起來要遜色不少。

《反攻基地》一詩的重要性在穆旦詩歌譜系中相對次之，但從初版本（《穆旦詩集》，1947 年）到再版本（《旗》，1948 年），有處異文涉及穆旦的「歷史觀」，也值得注意：

「歷史的這一步必須踏出」→「是為了命令也為了愛情」

該詩作於 1945 年 7 月，抗戰勝利為其總體性的時代背景。在這一時間點上，穆旦一連寫下了十多首抗戰主題詩歌，屬其寫作最為頻密的時刻──鑒於此前兩三年內，穆旦的年度寫作量有限，均不過寥寥數首，可見出抗戰勝利這一總體背景對其寫作的激發。「歷史的這一步必須踏出」一行，單獨來看，語氣決斷，充滿了歷史的正義感，可謂一個飽含時代特質的聲音。

但縱觀全詩，穆旦所要傳達的恰恰相反，「歷史」並不是正義的──在「歷史的這一步」踏出之後的現實圖景是：「過去的還想在這裡停留，／『現在』卻壟斷如一場傳染病，／各種饑渴全都要滿足，／商人和掮客歡快如美軍。而「將軍們正聚起眺望著遠方，／這裡不過是朝『未來』的跳板」──「反攻」之後，「將軍們」將享有「歷史」的榮耀。因此，將「歷史」突出恰是一種有力的反諷。

在穆旦 1940 年代中後期的詩歌之中，「歷史」是一個高頻詞：較早時候，情緒雖絕望但並不失從容，愈往後，詞頻愈密，歷史的憤慨愈加強烈：作於 1945 年的《甘地》中有「痛苦已經夠了，屈辱已經夠了，歷史再不容錯誤」，《森林之歌》中則有「更有誰知道歷史在此走過」（亦作「沒有人知道歷史曾

〔註22〕也有例外，《森林之魅》中的「更有誰知道歷史在此走過」一句後曾改為「沒有人知道歷史曾在此走過」，由疑問句式改作否定陳述句，張力有所失卻，不過此處情形有點複雜，「更有誰……」一句僅見於再刊本（《文學雜誌》第 2 卷第 2 期，1947 年 7 月），「沒有人……」一句則見諸此前此後的各個版本。

在此走過」)；再往下，《時感》（1947 年 3 月作）中有「多謝你們飛來飛去在
我們頭頂，／在幕後高談，折衝，策動；出來組織，／用一揮手表示我們必須
去死／而你們一絲不改：說這是歷史和革命。」《荒村》（1947 年 3 月作）中
有「歷史已把他們用完」，《飢餓的中國》（1947 年 8 月作）中有「歷史不曾饒
恕他們」，《暴力》（1947 年 10 月作）中有「從一個民族的勃起／到一片土地
的灰燼，／從歷史的不公平的開始／到它反覆無終的終極：／每一步都是你
的火焰。」及到 1948 年 8 月所作《詩四首》──目前所見穆旦在新中國成立
之前所作最後一首詩，其中還有「善良的仍舊善良，正義也仍舊流血而死，
／誰是最後的勝利者？是那集體殺人的人？／這是歷史的令人心碎的導
演？」凡此，反覆書寫的是「歷史」的不義（「不公平」），從中不難見出穆旦
對於現實政治（「歷史和革命」）的態度。

「歷史的這一步必須踏出」改作「是為了命令也為了愛情」，將「命令」
與「愛情」並置，看起來更像是某種輕浮的諷喻，在中國文學的語境之中，
與「衝冠一怒為紅顏」這等古舊的說法相類。這麼處理固然也可說是有將歷
史戲謔化的效果，但詞義終歸顯得隨意、缺乏力度──在這樣一首帶有主
觀評判意味的詩裏，力度自有其必要性；而結合 1940 年代中後期的寫作態
勢來看，「歷史」被替換──被移出某種內在的寫作譜系，終歸也是一個遺
憾。

《被圍者》一詩亦有不少異文，尤其是結尾的處理：

> 閃電和雨，新的氣溫和希望
>
> 才會來灌注，推倒一切的尊敬：
>
> 因為我們已經是被圍的一群，
>
> 我們翻轉，才有新的土地覺醒。
>
> ──初版本《穆旦詩集》（1947 年）

> 閃電和雨，新的氣溫和希望
>
> 才會來騷擾，也許更寒冷，
>
> 因為我們已經是被圍的一群，
>
> 我們消失，乃有一片「無人地帶」
>
> ──初刊本《詩文學》（第 2 輯，1945 年 5 月）、
>
> 再版本《旗》（1948 年）

　　結尾是一首詩的結構頂點，往往意味著某種歸結或提升。《被圍者》的基本涵義在於省思個人境遇，「被圍」也即「突圍」。這被認為是穆旦詩歌中一個重要的文化主題。〔註23〕但比較明顯地，這兩個結尾所內蘊的情緒近乎相反。初版本有一種樂觀：「翻轉」對應著「土地」，而「我們翻轉，才有新的土地覺醒」這樣一個條件句式將「我們」置於「先行者」或「犧牲者」的行列。在「我們」之後，將有「新的土地覺醒」。但在其他版本中，先是「騷擾」這個貶義詞改變了「新的氣溫和希望」性質——這些因素之於「我們」的關係不再是肯定性的，不再具備積極的、「灌注」的效力——也許，正好相反，「更寒冷」。這意味著，「我們」的境遇變得更為嚴峻——這最終引致了一種悲觀的情緒：「我們消失，乃有一片『無人地帶』」。

　　《誕辰有作》初作於 1947 年 3 月，有兩個發表本，未收入公開出版的詩集，各類版本中的異文卻有將近 30 條，其中雖無大段增刪，但從標題直到最末一行均有異文，可說是穆旦非常在意、予以精修的作品。標題從《誕辰有作》到《三十誕辰有感》，旨向、立意更加明確。所謂「（三十）誕辰有感」，所感受到的不是三十而立這等生命的歡欣，而是直面「至高的虛無」：「從至高的虛無接受層層的命令，／不過是觀測小兵，深入廣大的敵人，／必須以雙手擁抱，得到不斷的傷痛」。「小兵」一詞可能源自詩人當時的青年軍身份，亦可視作戰亂時局之下那些如同小兵小卒的個體的諧稱。「三十誕辰有感」亦即個體（「小兵」）的「毀滅記」。此詩的主要異文見於第 2 章的中間兩節：

> 在過去和未來死寂的黑暗間，以危險的
> 現在，舉起了泥土，思想，和榮耀，
> 你和我，和這可憎的一切的分野，
>
> 而在不斷的崩潰上，要建築自己的家：
> 想停留和再停留，只有跟著向下跌落，
> 沒有一個自己不在它的手裏化為纖粉，
>
> ——初刊本（天津版《大公報》，1947 年 6 月 29 日）

〔註23〕參見王毅：《圍困與突圍：關於穆旦詩歌的文化闡釋》，《文藝研究》，1998 年第 3 期。

在過去和未來兩大黑暗間，以不斷熄滅的
現在，舉起了泥土，思想，和榮耀，
你和我，和這可憎的一切的分野，

而在每一刻的崩潰上，看見一個敵視的我，
枉然的摯愛和守衛，只有跟著向下碎落，
沒有一個家不在它的手裏化為纖粉，

——《穆旦自選詩集》

不難看出，初刊本中多是一般性的或者說含義比較含混的用語，如「要建築自己的家」「想停留和再停留」之類。「要建築自己的家」改作「看見一個敵視的我」，與第 1 章的末行「發見自己的歡快，在毀滅的火焰之中」改作「重新發見自己，在毀滅的火焰之中」有著一致的脈絡，「重新發見」與「敵視的我」均外化了穆旦詩中「自己」／「我」這樣一個常見的主題。

另一個重要的修改關乎「黑暗」。「死寂的黑暗間」與「兩大黑暗間」說不上明顯的參差，強作比較，「死寂的—黑暗間」讀來節奏有點緩慢，不如「兩大—黑暗間」讀來更明快。「危險的」一詞雖然也包含了主觀評判，但終歸也只是一個普範性的用法，「不斷熄滅」這一表述不然，其中「包含著不斷再燃」的含義——熟悉穆旦的同時代人鄭敏，從「不斷熄滅」之中看到了穆旦全部的人生命運：

設想一個人走在鋼索上，從青年到暮年。在索的一端是過去的黑暗，另一端是未來的黑暗：「在過去和未來兩大黑暗間」（《三十誕辰有感》，1947）。黑暗也許是邪惡的，但未來的黑暗是未知的，因此孕育著希望、幻想、猜疑，充滿了忐忑的心跳。而詩人「以不斷熄滅的／現在，舉起了泥土，思想和榮耀」（同上詩）。關鍵在於現在的「不斷熄滅」，包含著不斷再燃，否則，怎麼能不斷舉起？這就是詩人的道路，走在熄滅和再燃的鋼索上。絕望是深沉的：「而在每一刻的崩潰上，看見一個敵視的我，／枉然的摯愛和守衛，只有跟著向下碎落，／沒有鋼鐵和巨石不在它的手裏化為纖粉。」（同上詩）然而詩人畢竟走了下去，在這條充滿危險和不安的鋼索上，直到突然頹然倒下（1977 年），遺憾的是，他並沒有走近未來，未來

對他將永遠是迷人的「黑暗」。〔註24〕

鄭敏所抓住的關鍵詞是「黑暗」。縱觀穆旦的詩歌寫作,「黑暗」可說是一個比「希望」「歷史」更為突出的高頻詞。較多的詩篇是在其自然義上使用,即白天／黑夜、光明／黑暗之類,但包含隱喻義的詩篇也不在少數,如《詩》(即《詩八章》／《詩八首》)中有「它要你瘋狂在溫暖的黑暗裏」,「靜靜地,我們擁抱在／用言語所能照明的世界裏,／而那未成形的黑暗是可怕的,／那可能和不可能的使我們沉迷,」(《文聚》第 1 卷第 3 期,1942 年 6 月 10 日);《祈神二章》中有「在我們黑暗的孤獨裏有一線微光//這一線微光使我們留戀黑暗／這一線微光給我們幻象的騷擾／在黎明確定我們的虛無以前」(《文聚》第 2 卷第 2 期,1945 年 1 月 1 日);《隱現》中有「為什麼那一切發光的領我來到絕頂的黑暗,／坐在山崗上讓我靜靜地哭泣。」(《華聲》第 1 卷第 5‧6 期,1945 年 1 月)《森林之魅》中有「我要把你領過黑暗的門徑」(《穆旦詩集》,1947 年);《我歌頌肉體》中有「我歌頌肉體:因為光明要從黑暗出來」(《益世報》,1947 年 11 月 22 日);《飢餓的中國》中有「還要在無名的黑暗裏開闢起點」(《文學雜誌》第 2 卷第 8 期,1948 年 1 月 1 日);《詩》中有「脫淨樣樣日光的安排,／我們一切的追求終於來到黑暗裏」(《中國新詩》第 4 集,1948 年 9 月),等等。這些詩中「黑暗」的隱喻含義自然是不盡相同,但更多地指向肉體的誘惑、自然的皈依、神性的引領等精神性的層面,浮現了個體在生命與生存層面所遭遇的種種狀況。從這等寫作譜系來看,從《誕辰有作》到《三十誕辰有感》,版本的演進正可說是顯示了「黑暗」的成型與歷練。

異文分析(三):詩行的大幅調整

穆旦詩歌的修改譜系中,段落大幅調整也有一些突出的例子,如《從空虛到充實》《不幸的人們》《詩八首》《搖籃歌》《給戰士》等,有刪、增、刪增並行等不同形式,也有章節間的整體調換。

(一)詩歌段落的大幅增刪

《從空虛到充實》屬於近乎重寫的詩篇,不同版本間異文至少超過 90

〔註24〕鄭敏:《詩人與矛盾》,杜運燮等編:《一個民族已經起來》,南京:江蘇人民出版社,1987 年,第 31 頁。按:鄭敏所引為該詩的再刊本,《文學雜誌》第 2 卷第 4 期,1947 年 9 月 1 日。

條，其中連續調整在兩行及以上的即有 10 餘處。最大的變動在於結尾，初刊本（香港《大公報》，1940 年 3 月 27 日）結尾 3 節共 17 行詩在後出版本中被悉數刪去：

> 於是我病倒在游擊區裏，在原野上，
> 原野上丟失的自己正在滋長！
> 因為這時候你在日本人的面前，
> 必須教他們唱，我聽見他們笑，
> 中華民族到了最危險的時候，
> 為了光明的新社會快把鬥爭來展開，
>
> 起來，起來，起來，
>
> 我夢見小王的陰魂向我走來，
> （他拿著西天裏一本生死簿）
> 你的頭腦已經碎了，跟我走，
> 我會教你怎樣愛怎樣恨怎樣生活。
> 不不，我說，我不願意下地獄，
> 只等在春天裏縮小，溶化，消失。
> 海，無盡的波濤，在我的身上湧，
> 流不盡的血磨亮了我的眼睛，
> 在我死去時讓我聽見鳥的歌唱，
> 雖然我不會和，也不願誰看見我的心胸。（南荒社）

梁秉鈞較早即注意到此詩的三個版本，指出「最後的第三稿較容易為習慣的標準接受，然而最初第一稿反而更能顯出穆旦的創意，結尾原來有 17 行詩（二、三稿都刪去了），其中刻畫的『我』比較複雜，好像一方面嚮往抗日戰爭的理想，一方面向內退縮，有軟弱、恐懼和矛盾」〔註25〕言下之意是，後出的版本降低了這種複雜性。不過，對此也有不同看法，也有研究認為這個結尾的修改「刪除了其中較有口號色彩的民族謳歌，保留了更有複雜性的

〔註25〕梁秉鈞：《穆旦與現代的「我」》，杜運燮等編：《一個民族已經起來》，南京：江蘇人民出版社，1987 年，第 46～47 頁。

部分。」〔註26〕

　　看起來，不同學者各有所持。不過，與其糾結於哪一個版本的效果更好，還不妨來看看穆旦本人對於此一時期其他詩歌的處理。一個可資說明的例子是稍早的《防空洞裏的抒情詩》。和《從空虛到充實》一樣，《防空洞裏的抒情詩》也是處理時代話語，也是施用非直接的呈現方式。該詩應是和日機轟炸、空襲警報、躲防空洞等現實經驗有關，但詩歌卻是另一幅奇異的景觀，其間並沒有用寫實的筆法來描述民眾擁簇在狹窄的、空氣稀薄的防空洞裏的情形，而是用一種戲謔的語調，融合了庸常化的生活對話場景與怪誕的感覺（身體變成了「黑色」），同時又將現實場景與古舊的煉丹術士的鬼夢並置起來，最終則是通過一個不可靠的敘述（「我是獨自走上了被炸毀的樓，／而發現我自己死在那兒／僵硬的，滿臉上是歡笑，眼淚，和歎息。」），導向了對於現實的反諷。這樣明顯帶有探索風格的詩歌，後來的選家樂於視其為「中國現代詩」的重要表徵。〔註27〕此詩不同版本中的異文超過 30 條，卻多是「修辭性的修訂」，很難說有重要的改動。兩相對照，不難看出穆旦對於彼時詩學探索較為複雜的態度——實際上，這種態度在《從空虛到充實》的版本演變中也有細節標識：初刊本結尾的信息，在初版本《探險隊》之中其實是有所暗示的，其末尾署「一九三九，九月。（殘）」，「（殘）」應該和初刊本原有的 17 行詩有關，表明作者其時對結尾的處理或有某種猶疑。後出版本刪去「（殘）」，應是表明作者已認可這種刪除。

　　就時間點而言，《防空洞裏的抒情詩》《從空虛到充實》等詩的修改在 1940 年代前期即基本上已全部完成（初次入集為 1945 年版《探險隊》），此後基本上未再改動，可見穆旦有意保留彼時詩學探索的痕跡。不過現在看來，隨著這種刪除，關於南荒社的信息也被湮沒。穆旦當年詩名有限，其在西南聯大時期參與文藝社團活動的資料比較零散，相關訊息多湮沒無聞，非細緻考證，斷難勾描出完整的線索來。南荒（文藝）社的信息即是比較晚

〔註26〕李章斌：《「九葉」詩人的詩學策略與歷史關聯（1937～1949）》，臺北：政大出版社，2015 年，第 97 頁。

〔註27〕葉維廉編譯詩選書名即是 Lyrics from Shelters: Modern Chinese Poetry, 1930～1950（《防空洞裏的抒情詩：1930～1950 中國現代詩選》，加蘭出版社 1992 年版），其中選入穆旦詩 7 首：《防空洞裏的抒情詩》《我》《控訴》《春》《裂紋》《詩八首》《旗》。

近才進入研究視野。〔註 28〕該社「是以西南聯大學生為主體的一個文學社團，由西南聯大高原文藝社轉化而成，吸收了昆明地區在《大公報》上發表過文章的學生，因蕭乾倡導而組織起來，目的在於為香港《大公報》副刊《文藝》組織穩定的作家隊伍，以提供充足的稿源。」〔註 29〕檢視穆旦的寫作可以發現，1939 年 10 月至 1941 年 11 月間，其在香港版《大公報》累計發表 29 次、18 篇詩文（多篇為連載），在所有發表其作品的報刊之中，該刊的發表次數與數量均居首位。實際上，初刊於香港版《大公報》的《防空洞裏的抒情詩》，詩末亦署有「南荒社」字樣，後出版本亦將其刪去。何以如此，動機已不可考，但這般處理方式，連同被刪去的「我病倒在游擊區裏」「中華民族到了最危險的時候」等詩句所揭寓的現實涵意，在一定程度上削弱了穆旦寫作與時代語境的關聯。〔註 30〕

《搖籃歌——贈阿咪》的修改屬於詩行大幅增加的例子。其初刊本（《文學報》第 1 號，1942 年 6 月 20 日）為 28 行，未分節，後出各版本均為 6 節 42 行。細緻對照，異文達到 20 條，詩行也不僅僅是 14 行的簡單差別，其中也有詩行的替換，比如：

　　當我一步步地走向無有，
　　　　誰知道那些散碎的顏色重又
　　　　在你起伏的胸上聚攏。

初刊本中的這 3 行，在後出版本中為兩節 10 行：

　　等長大了你就要帶著罪名，
　　　　從四面八方的嘴裏
　　　　籠罩來的批評。

　　但願你有無數的黃金

〔註 28〕穆旦同學趙瑞蕻等人的回憶文中，出現了南湖詩社、高原文藝社等信息，但沒有南荒社的信息。

〔註 29〕李光榮、宣淑君：《穆旦在南荒文藝社的創作》，《西南民族大學學報》，2007 年第 11 期。

〔註 30〕穆旦後來在履歷表或相關交待材料中提到當時「曾與愛好文學的同學組成文藝團體，先後計有青鳥社，高原社，南荒社」（見《我的歷史問題的交代》1956 年 4 月 22 日），但目前未見關於「青鳥社」的信息。這可能是穆旦的杜撰，也可能是被淹沒的歷史信息。

　　使你享到美德的永存，

　　　一半掩遮，一半認真，

　　　睡呵，睡呵，

　　　在你的隔離的世界裏，

　　　別讓任何敏銳的感覺

　　　使你迷惑，使你苦痛。

　　《搖籃歌——贈阿咪》初題《催眠曲》，阿咪是穆旦大學同學王佐良的妻子徐序，詩歌是為王佐良夫婦的第一個孩子誕生而作。作為「搖籃歌」/「催眠曲」，「當我一步步地走向無有，/ 誰知道……」一類表述顯然太過艱澀——此前曾提及穆旦詩中較多存在的「誰知道」句式，此處或會讓人想起《活下去》（《穆旦詩集》版）之中那個奇崛異常的表達：

　　　希望，幻滅，希望，再活下去

　　　在無盡的波濤的淹沒中，

　　　誰知道時間的沉重的呻吟就要墮落在

　　　於詛咒裏成形的

　　　日光閃耀的岸沿上；

　　　孩子們呀，請看黑夜中的我們正怎樣孕育

　　　難產的聖潔的感情。

　　對照之下，後出版本更加錯落有致，成人化的語調被移化，輔以更多的謠曲段落——新增的還有「去了，去了 / 我們多麼羨慕你 / 柔和的聲帶。」「搖呵，搖呵，/ 我的憂鬱，我的歡喜。// 來呵，來呵，/ 無事的夢，」等詩行，讀來更有「搖籃歌」的節奏感、通透性和柔和度，顯示了穆旦在處理不同題材上的不同筆法。

　　同樣涉及詩行的增刪，《給戰士》的情形又不一樣，除了前述標題和寫作時間的異動外，也有較多的詞彙變更，並且有詩行段落的整體調整：

　　　這樣的日子，這樣才叫生活，

　　　再不必做牛，做馬，坐辦公室，

　　　大家的身子都已直立，

　　　再不必給壓制者擠出油來，

累得半死，得點酬勞還要感激，

終不過給快樂的人們墊底，

再不必輾轉在既定的制度中，

不平的制度，可是呼喊沒有用，

轉而投靠，也仍得費盡了心機，

還有你，幾乎已經犧牲

為了社會裏大言不慚的愛情，

現在由危險渡入安全的和平，

還有你，從來得不到允許

這樣充分的使用你自己，

社會只要你平庸，一直到死，

　　所錄為該詩再版本《旗》中的前 5 節。下劃線所標記的第 3 節既不見於之前的版本，即初版本（天津版《益世報》，1947 年 6 月 7 日）、初刊本（《穆旦詩集》，1947 年），亦不見於後出的《穆旦自選詩集》和通行本。此種與前後版本均有明顯差異的現象殊為詭異，而如前所述，這在穆旦詩歌的修改譜系中也並非孤例。

　　《旗》版《給戰士》從第 2 節到第 3 節，使用的是穆旦詩歌中比較常見的鋪陳式方法。從措辭命意看，第 2 節是對一種普遍狀況的描摹，第 3 節則可視為一種深化，其核心是「制度」：「再不必輾轉」，所凸現的是此前那種「輾轉在既定的制度中」的境遇。寬泛地說，第 2 節是結果，第 3 節是原因所在，也即一種現實的機制。以此來看，這兩節雖同以「再不必」開始，但其筆法、命意均有變（深）化。

　　再往下，第 4 行以「還有你」起首，從詩行展開的角度看，這是一個承接性的起句。前兩節以「大家」這一群體性的稱謂來統稱，表明是對一種普遍狀況的摹寫。「還有你」，承接前面的詩句而來，將筆法從普遍轉向具體的個人。這樣的寫法，《讚美》即是很好的先例，第一節為強度非常大的各類景狀鋪陳，第二節直接用「一個農夫」起首，「一個農夫，他粗糙的身軀移動在田野中」，筆法轉換非常自然，卻又能激發一種特殊的詩學效果。

《給戰士》的問題在於，單獨來看，再版本之外的其他各版，從第 2 節的末行「終不過給快樂的人們墊底」到第 4 節的起行「還有你，幾乎已經犧牲」，寫作圖景的切換仍可說是自然、有力，但下延到第 5 節，就暴露出一個結構性的問題：和第 4 節一樣，第 5 節仍然是以「還有你」起首，可見這兩節亦是鋪陳排比的筆法，從「你，幾乎已經犧牲」到「社會只要你平庸，一直到死」，勾畫的是「你」命定的結局，即便「現在由危險渡入安全的和平」，都不過是「平庸的死」而已；而且，「這樣充分的使用你自己」與稍後的《荒村》中所謂「歷史已把他們用完」正相呼應。以此來看，再版本（《旗》版，1948 年）的 2、3 兩節與 4、5 兩節，在結構上具有一種內在的對稱性；其餘各版沒有第 3 節，第 2 節與 4、5 兩節之間，則顯得有點結構失衡。

將第 3 節完全刪除的原因難以確斷，可能跟「投靠」這個詞比較生硬扎眼有關，既「輾轉」於「制度」之中，又「投靠制度」，詩思比較倔拗，不大符合漢語表達習慣（思維方式）。但為了調整某種表述而導致結構的失衡，終究並非一種合理的處理方式。〔註 31〕

（二）不同章節的整體調換

《詩八首》《祈神二章》等詩還存在章節整體調整的現象。《詩八首》是穆旦最為重要的作品之一。所見版本有 6 種，異文近 60 條，其修改工作可謂精細、繁複。其結構調整說來有些詭異，僅見於聞一多所編選的《現代詩鈔》，即 2、3 兩章的調換：

> 二
>
> 你的年齡裏的小小野獸，
> 它和春草一樣地呼吸，
> 它帶來你的顏色，芳香，豐滿，
> 它要你瘋狂在溫暖的黑暗裏。
>
> 我經過你大理石的理智底殿堂，
> 而為他埋藏的生命珍惜；
> 你我底手底接觸是一片草場，

〔註 31〕基於某種不能確斷的原因刪去詩行從而導致結構失衡的情形，穆旦晚年的《停電之夜》也是一個突出的例子，參見本書下一篇的討論。

那裡有它底固執，我底驚喜。

三

水流山石間沉澱下你我，

而我們成長，在死的子宮裏。

在無數的可能裏，一個變形的生命

永遠無法完成他自己。

我和你談話，相信你，愛你，

這時候就聽見我底主暗笑，

不斷底他添來另外的你我，

使我們豐富而且危險。〔註32〕

　　從文獻輯錄的角度來說，由他人所完成的選本不宜列為校本。但現代中國新詩選本稀少，且這個選本對穆旦詩歌版本而言確有其獨特性。《現代詩鈔》選入穆旦詩4首，即《詩八首》《出發》《還原作用》《幻想底乘客》。常理推斷，選本所據應該就是當時的報刊或詩集，除了可能出現的謄錄錯誤外，應不致另有異文。事實卻非如此。《詩八首》目前僅見一個發表本，即1942年6月10日的《文聚》第1卷第3期。對照之，雖然相較於其他版本，發表本與選本同有一些重要的異文，如前述「我卻愛了一個暫時的你。」一行，僅在這兩個版本中，「暫時的」作「被併合的」；但這兩個版本的異文超過40條，可以認定該選本所錄《詩八首》是別有所據。

　　不過，看起來只能是一個謎。如此頻密的異文，編者謄抄錯誤的可能性不大。那麼，是尚未被學界找到的其他發表本，還是穆旦本人所提供的手稿呢？前者暫時只能存疑，後者倒也並非沒有可能。聞一多的編選工作約始自1943年9月，其時他對於新詩發展的狀況已比較隔膜，資料表明，編選前他曾找臧克家幫忙搜集材料；實際編選過程中又曾要求卞之琳自選一些詩。〔註33〕穆旦是否也被要求自選作品呢？穆旦自1935年進入清華大學，後又留校任教，與聞一多有往來關係，這一假設看起來很有可能。但疑問隨之而來，《詩八首》等詩稍後編入穆旦詩集時，卻又並沒有該選本中的那些

〔註32〕聞一多：《聞一多全集·3》，開明書店，1948年，第516～517頁。

〔註33〕易彬：《政治理性與美學理念的矛盾交織——對於聞一多編選〈現代詩鈔〉的辯詰》，《人文雜誌》，2011年第2期。

異文。正因為《現代詩鈔》包含了這般駁雜的狀況，用作校本，在呈現歷史的複雜性方面自是有其特殊效應。

王毅較早即注意到該選本中《詩八首》結構調整的現象，並給出了精彩的分析：儘管「無論哪一章排在前面都能與上下各章銜接而並不影響組詩的閱讀」，但是「將宗教神學原因排列前面。這種調整可以說明穆旦的基督教色彩。」〔註34〕循此邏輯，《祈神二章》所出現結構性調整也可說是顯示了穆旦對於宗教的思考。不過，實際調整的情形有異：該詩直接取自長詩《隱現》，為其「歷程」篇的「合唱隊」兩章——《祈神二章》初題為《合唱二章》顯然即是來自於此。兩首詩幾乎是同一時期發表，《祈神二章》初刊於 1945 年 1 月 1 日的《文聚》第 2 卷第 2 期，《隱現》初刊於 1945 年 1 月的《華聲》第 1 卷第 5～6 期。也即，穆旦在長詩《隱現》發表的同時又從中抽出兩章來單獨發表。

既是重複，《祈神二章》的權屬問題就值得注意。穆旦詩集通行本分別錄入兩詩，但考察穆旦本人所編訂的詩集，《穆旦詩集》收錄了《祈神二章》，未錄《隱現》；《穆旦自選詩集》收錄了《隱現》，未錄《祈神二章》。以此來看，穆旦對於《祈神二章》的權屬是有所考慮的，應該是傾向於不再收錄。不過從另外的角度來看，《祈神二章》仍有單獨保留的必要：一方面是它確曾單獨成詩，另一方面，穆旦日後對《隱現》進行了大幅修改，「合唱」部分的內容雖然基本沒變，但兩章的順序卻發生了顛倒，這一結構性的調整反倒讓《祈神二章》重新獲得了某種獨立性。

異文分析（四）：重寫的詩篇

穆旦的少數詩歌如《從空虛到充實》《神魔之爭》《隱現》等，從初版到再版的修改幅度非常之大，可稱作重寫的詩篇。就一般的寫作情形推斷，重寫既顯示了作者對於原作的看重，也意味著新的經驗的加入。如下將著重討論《神魔之爭》，並兼述《隱現》等詩中的相關問題。

《神魔之爭》的重寫，最為突出的變化是詩劇體的隱沒，這外化了穆旦寫作中的文體問題。《神魔之爭》作於 1941 年 6 月，初刊於本年 8 月的重慶版《大公報·戰線》，後收入《穆旦詩集》和《穆旦自選詩集》《穆旦詩文集》——對校初版本，後兩個版本之中也存在若干異文。

〔註34〕王毅：《細讀穆旦〈詩八首〉》，《名作欣賞》，1998 年第 2 期。

　　從新詩的詩體譜系來看，《神魔之爭》多被歸為詩劇體。穆旦被認為是寫有四部詩劇體作品，後三部為《隱現》《森林之歌——祭野人山上的白骨》以及晚年的《神的變形》。學界對此類詩歌的命名存在分歧，另有「擬詩劇」〔註35〕、「敘事詩」〔註36〕、「史詩」〔註37〕等不同稱謂——稱謂不同，表明研究視域與問題意識不盡相同。但稱《神魔之爭》為「詩劇體」是恰切的，初刊本《神魔之爭》明確標明為「詩劇體」，穆旦本人也實有創作「詩劇體」的衝動。

　　外文系出身的穆旦在大學課堂上即認識了17世紀英國詩劇〔註38〕；也應知曉「一九三五年左右」歐美詩壇「現代詩劇的崛起」的事實：「詩劇的突趨活躍完全基於技術上的理由。我們一再說過現代詩的主潮是追求一個現實、象徵、玄學的綜合傳統，而詩劇正配合這個要求，一方面因為現代詩人的綜合意識內涵強烈的社會意義，而詩劇形式給予作者在處理題材時，空間、時間、廣度、深度諸方面的自由與彈性都遠比其他詩的體裁為多，以詩劇為媒介，現代詩人的社會意識才可得到充分表現，而爭取現實傾向的效果；另一方面詩劇又利用歷史做背景，使作者面對現實時有一個不可或缺的透視或距離，使它有象徵的功用，不至黏於現實世界，而產生過渡的現實寫法」。〔註39〕放諸1930年代中段以來的新詩界，寫作詩劇呼聲也是時有出現。柯可認為「散文詩，敘事詩，詩劇，是新詩形式方面的三大可能開展」。〔註40〕穆旦的老師葉公超雖不大同意柯可的觀點，但也特別強調「新詩應當多在詩劇方面努力」：「惟有在詩劇裏我們才可以逐步探索活人說話的節奏，也惟有在詩劇俚語言意態的轉變最顯明，最複雜」；「建築在語言節奏上的新詩是和生活一樣的有變化的。詩劇是保持這種接近語言的方式之一」。〔註41〕後延至1943年，正著手編選《現代詩鈔》的聞一多判斷文學

〔註35〕如孫玉石：《中國現代主義詩潮史論》，北京：北京大學出版社，1999年，第437～438頁。

〔註36〕如王榮：《中國現代敘事詩史》，北京：中國社會科學出版社，2004年，第252～253頁。

〔註37〕如吳曉東：《抗戰時期中國詩歌的歷史流向》，《記憶的神話》，北京：新世界出版社，2001年，第319～327頁。

〔註38〕王佐良：《懷燕卜蓀先生》，《語言之間的恩怨》，天津：天津人民出版社，1998年，第107～108頁。

〔註39〕袁可嘉：《新詩戲劇化》，《詩創造》第12期，1948年6月。

〔註40〕柯可：《論新詩的新途徑》，《新詩》第4期，1937年1月。

〔註41〕葉公超：《論新詩》，《文學雜誌》創刊號，1937年5月。

變局的依據也是「文學的歷史動向」,「新詩的前途」在於「放棄傳統意識,
完全洗心革面,重新做起」,「在一個小說戲劇的時代,詩得儘量採取小說戲
劇的態度,利用小說戲劇的技巧,才能獲得廣大的讀眾」。〔註42〕另一位老
師卞之琳1940年代由詩轉向小說,也被認為是包含了「對於『詩』與『小
說』之間差異的文體想像」。〔註43〕

可以認為,穆旦寫作詩劇的行為應和了時代的呼聲,他有意借助詩劇這
一容量更大、又帶有較強戲劇化色調的詩歌體式來表現大的命題,即對於人
類不和諧生存狀況的隱喻。穆旦當時的3首詩劇體作品針對的都是普遍性的
狀況,但取材、命意上有所區格。《神魔之爭》《隱現》為重大而抽象的文化詩
學命題,都關乎信仰:《神魔之爭》中「神」與「魔」的爭鬥造成了人類不和
諧的生存境況──從另一個角度說,呈現了信仰的困境;《隱現》可說是將「林
妖合唱」放大,呈現了經歷生死拷問又深陷現實牢籠的個體渴望生命的救贖;
《森林之歌──祭野人山上的白骨》則是關乎「死亡」與「遺忘」一類本然性
的命題。

三首詩劇通過不同角色或不同章節的設置來實現戲劇效果。相較而言,
《神魔之爭》的形式因素更為突出。其初刊本明確標明的「詩劇體」著意凸
顯了表演性質,劇中也設定了神、魔、林妖(男女各六)、東風四類角色,並
有「幕」「(下)」「(幕落)」等標識。其中,「幕」共出現三次,每次均有生動
的文字說明:

> 綠葉茂密的森林中。我們聽見泉流,樹瀉,泥土的呼吸,鳥獸
> 蟲魚的囈語。一切納入自然的節奏。

> 塵沙飛揚,天地昏暗。我們聽見樹林的呼嘯聲雷聲,和低啞的
> 喃喃,由高而低漸近漸遠。林妖伏於地上。

> 林中火起,樹木的黑色頭髮的顯露,向上飄揚,紅色的舌頭也
> 到處捲動。暗雲還停留在半空,不能下來。我們聽到傾倒的聲音。
> 林妖伏在地上,不能動轉。當火焰把他們捲去以後,神出現在幕前。

「幕」所傳達的是一種類似於舞美的火熱氛圍,其間的變化正顯示了主

〔註42〕聞一多:《文學的歷史動向》,《聞一多全集·10》,武漢:湖北人民出版社,
1993年,第19~20頁。

〔註43〕姜濤:《小大由之:談卞之琳40年代的文體選擇》,《新詩評論》,2005年第
1輯,第40頁。

題的進展。問題在於，詩劇體的探索顯示了穆旦的詩學構想，但對於詩劇體這一形式本身，其態度卻似乎有些含混。1947 年 3 月，穆旦對《神魔之爭》進行了重寫——伴隨著詩歌段落的大幅增刪與修改，形式的因素也已大大減退：四個角色依然保留，幾類明確帶有戲劇體式的標識卻被悉數刪除。此即《穆旦詩集》所收錄的版本。通行本《穆旦詩文集》簡要地說明了該詩版本流變的信息，並注明「所錄為作者後來再次修訂稿」。〔註44〕至於「後來」為何時，編者並未進一步說明，但此版與初版本差別不大，而戲劇體標識亦是不復存在。

其他兩部亦被學界視為詩劇體的作品從未明確標識為「詩劇體」。推動詩情進展的是角色和主題章節的設置：《隱現》雖也角色（第二章），但更多地是通過「宣道」「歷程」「祈神」三章的設置來實現。《森林之歌》的篇幅相對較短，設置了三類角色，「森林」「人」與「祭歌」，先是「森林」與「人」的多重對話，最後化為「祭歌」——《神魔之爭》中那般熾熱與激情被壓制下來，改用一種冷靜的語氣來敘述，用「美麗」「夢」「空幻」「長久」等語彙，將一場人類與自然的災難「翻過來寫」〔註45〕，從而使得「死亡」與「遺忘」命題的詮釋更加生動有力。對於兩首篇幅較大的詩作，穆旦均進行了大幅修改，有理由相信這也是令其念茲在茲的作品。

統觀之，經由《神魔之爭》等詩的修改所顯示，形式成為了一個更為突出、但實際上並未引起太多關注的問題：儘管詩劇性質並未截然變更，形式因素卻已大大減退，與之相應，則是詩歌主題的突進與情緒的外化——《隱現》的修改更為明顯地呈現出這一傾向。根據解志熙的觀察，《隱現》「是一首帶有宏大敘事和深廣寄託的抒情長詩」，「其創作的感興緣起」是「基於穆旦 1942 年遠征緬甸的痛苦經驗，但它不是詩人戰地經驗的直接描述，而是痛定思痛的深長詠思和推而廣之的歷史反思。」「貫穿於全詩的詠思有兩條線索，一是人類世界之顯然的表象及隱蔽其後的真相，二是超驗的神性之對人類的隱藏與顯現。」「《隱現》無疑是中國現代詩中最為重要的一首長詩，其感興的廣度和寄託的深度都首屈一指」：

　　可是，一個令人遺憾的問題——《隱現》的藝術過失——也恰

<hr>

〔註44〕穆旦：《穆旦詩文集·1》（第 3 版），第 141 頁。
〔註45〕語出周珏良：《穆旦的詩和譯詩》，杜運燮等編：《一個民族已經起來》，南京：江蘇人民出版社，1987 年，第 22～23 頁。

在兩個版本的對勘中暴露無遺。不待說,穆旦切身的歷史經驗之複雜和痛切,他痛定思痛後的思想寄託之廣大與深遠,都無可置疑,但問題是這一切,尤其是詩人的深廣的思想寄託,在詩中卻是以一種不僅相當直抒胸臆而且頗為抽象概括的方式表現出來的。如此傾情抒寫、痛切告白誠然是酣暢淋漓,然而也顯然地過於直接和直露了。事實上,過於直陳所懷的毛病在《隱現》初刊本裏就已經比較重了,然而作者還嫌不夠,修訂本於是有加無減,遂使這個毛病引人注目地凸顯出來了。

返諸詩歌藝術層面,則是「在藝術上顯然失之過顯」的毛病:「初刊本裏本來就不多的一點具體而微的抒寫,到修訂本裏差不多都被修改掉了,於是全詩充滿了過於闊大的歷史感慨和傾情告白的抽象抒情」〔註46〕三首長詩的修訂(重寫)均是發生在 1947 年前後,考慮到「現實」因素在穆旦的寫作中佔據了突出的位置,在相當程度上也可以說,隨著形式因素的減退,穆旦本人關於詩歌寫作的複雜構想被消抵——一種複雜而精微的詩學探索衝動被一種急峻的現實意識所修正。

當然,放到穆旦的整體寫作之中,儘管其本人對於詩劇體這一形式的態度較為含混,但執念既深,戲劇化、小說化的手法被適度地融入其詩歌寫作當中卻是無疑的,而且這類實踐在 1940 年代前期和中後期還有所差異:前期的一些詩篇如《防空洞裏的抒情詩》《蛇的誘惑——小資產階級的手勢之一》《在寒冷的臘月的夜裏》《夜晚的告別》《小鎮一日》等,設置有一些對話,甚至穿插有場景與情節:有的是普魯弗洛克式的自我糾結,有的則是一種現實景況的直陳,如《小鎮一日》(《穆旦詩集》版,1947 年)中有:

> 現在他笑著,他說,
>
> (指著一個流鼻涕的孩子,
>
> 一個煮飯的瘦小的姑娘,
>
> 和吊在背上的憨笑的嬰孩)
>
> 「咳,他們耗去了我整個的心!」

三個孩子的並陳以及一個由歎詞＋陳述句組成的說話聲,生動地呈現了一種「旋轉在貧窮和無知中的人生」景況。《在寒冷的臘月的夜裏》(《穆旦

〔註46〕解志熙:《一首不尋常的長詩之短長——〈隱現〉的版本與穆旦的寄託》,《新詩評論》,2010 年第 2 輯。

詩集》版，1947 年）也會讓人聯想到中國北方的鄉土現實，但其中的聲音卻又不似這般實有：

> 火熄了麼？紅的炭火撥滅了麼？一個聲音說。

初看之下，似可理解為那躺下屋簷之下的某個人在說話，但緊接著而來的「我們的祖先是已經睡了，睡在離我們不遠的地方」顯然又有意虛化了這種實存的言語關係，而將聲音置於鄉土中國的廣袤背景之中，詩歌也由此獲得一種虛實相生的悠遠效果。

到了 1940 年代中後期，穆旦詩歌寫作的主觀興味日趨凸顯，戲劇化手法的施用也呈現出一些新的特點，以「不知道自己是最可愛的人」起首的《農民兵》，以「多謝你們的謀士的智慧，先生」起首的《時感》等詩篇，借助反諷手法造設出一種戲劇性的效果。初刊本《他們死去了》則別有意味地設置了充滿戲劇化的兩幅場景：一幅是冷漠的死相，另一幅則是溫暖、美麗、和煦的夢境，這種對照也頗具反諷意味。凡此，均可見出穆旦詩學探索的廣度。

修改行為：整體局勢與自我形象

如上對於各層面因素的剔索都是結合已然發生的修改行為而展開的，但穆旦前期作品中未入集的也有相當數量，其間也可能涉及作者某些遭遇，包含作者某些特別的意圖；而那部大致編訂好、但未能出版的詩集，其間也浮現著自我的面影〔註47〕。因此，如下將對這些因素進行適當剔索，再對穆旦那持續進行的、繁複的修改行為予以整體性的觀照。

（一）未入集的詩作所關涉的問題

前述 1937 年 11 月的《野獸》之前的十數首詩歌從未入集，當是被穆旦視作「少作」而不錄，學界對此似未有異議，但此後一些未入集的詩作引發了穆旦寫作的整體局勢和詩歌觀念方面的話題。《一九三九年火炬行列在昆明》不見聞於穆旦的各部詩集，一方面被認為是一首「失敗之作」，詩中充斥著一種「泛濫虛幻的情緒」，包括「整體詩情的混亂蕪雜，寫作方式的簡單直白，詩行的參差冗長，都使穆旦有權放棄此詩作為『詩的資格』」；另一方面則是「此詩包蘊著的諸多主題、意象的萌蘗，後來通過變體，幻化成多

〔註47〕劉崢曾對此詩集有比較細緻的討論，見《沉默而豐富的「苦果」──讀〈穆旦自選詩集：1937～1948〉》，《長沙理工大學學報》，2018 年第 6 期。

首其他詩歌了」，如《從空虛到充實》《五月》等。〔註48〕《出發──三千里步行之一》《原野上走路──三千里步行之二》等詩未入集，則被認為是跟穆旦詩歌觀念的演變有關──在論者看來，穆旦當時寫作並發表了關於卞之琳和艾青詩集的書評文，這些作品「是典型的激起『生命和鬥爭的熱望』的艾青式的抒情詩」。日後詩集不錄，原因在於「隨著穆旦自身思想和寫作路線的轉變，他本人也對這些作品不滿。」〔註49〕

當然，鑑於現代中國作家生活處境往往比較波折，個人資料存留不易，並不能對所有未入集的作品均持如是觀。比如，報刊的出版受制於經濟、文化、人員等方面因素，在戰爭局勢之下，往往缺乏足夠的穩定性，相當部分報刊或實存時間短、或囿於一地，時間一長即易陷入湮沒無聞的境地。《記憶底都城》未入集，長期以來也未被發現，即被認為跟其初刊本《文聚叢刊》的湮息有關。〔註50〕新近披露的材料則表明，穆旦在編選個人詩集時，手邊資料可能並不齊備，《穆旦詩集》出版前，他即曾給久未謀面、遠在異地（撫順VS上海）的友人曾淑昭去信詢問是否保留了《贈別》《裂紋》的詩稿。〔註51〕在討論作品集的編選、特別是作者對於個人作品態度的時候，這些外在限制條件或某些偶然性因素都可待估量。

（二）同時代的批評與未出版的詩集

與此同時，穆旦的寫作並非一個封閉的行為，同時代批評的聲音也值得注意。1940年代中後期，媒體上有不少關於穆旦的批評聲音，其中多熱切頌揚之辭，也不乏嚴厲批判之語，前一部分的作者包括沈從文、朱光潛這樣的文壇前輩，以及數位同輩或年輕稍小的人士，如陳敬容、王佐良、周珏良、袁可嘉、唐湜、李瑛、吳小如等；後一部分則是來自《泥土》《新詩潮》等陣營（社團）的年輕氣盛的作者。有資料表明，穆旦當時對於相關批評文字是知情的〔註52〕，並曾向朋友們表示「想寫一些魯迅雜文式的詩」，以反擊

〔註48〕姚丹：《「第三條抒情的路」──新發現的幾篇穆旦詩文》，《中國現代文學研究叢刊》，1999年第3期。

〔註49〕李章斌：《「九葉」詩人的詩學策略與歷史關聯（1937～1949）》，臺北：政大出版社，2015年，第97頁。

〔註50〕馬紹璽：《穆旦軼詩〈記憶底都城〉與「文聚叢刊」》，《中國現代文學研究叢刊》，2011年第5期。

〔註51〕穆旦：《穆旦詩文集·2》（第3版），第155頁。

〔註52〕據稱穆旦對於當時的批評文字，最喜歡周珏良和王佐良的，見周珏良：《穆旦

那些辱罵他的批評人士。〔註53〕

前一類批評文字中，有些直言不諱地指出了穆旦詩歌所存在的缺點，李瑛認為穆旦詩中有的句子「冗長，讀起來覺得累贅，破壞了詩的境界，尤其是節拍的美」，有的因為「要表現他的象徵的意識」，「在詞藻上，顯得還生澀牽強」，因此，穆旦詩歌還「不能收到更大的完美的詩的效果」。〔註54〕少若（吳小如）也曾針對《穆旦詩集》談到「選擇」和「錘鍊」的問題：

> 我願為天才奔逸的人說句聳聽的話，即浪費了天才真是件可惜的事。這本詩集中所收的詩篇真不算少，卻未必篇篇是精品，恐怕作者自己未加一番選擇，至少是選擇得不夠。我說的寫作，並非指印成書的篇幅而言，而是指在寫成一首詩時，是否有捨得割愛的勇氣。往小處說，一首長詩是否經過刪汰與提煉，使篇幅更見緊縮一些；一個長句，是否曾把句中的贅詞冗字勾掉抹掉——這就是舊日所謂錘鍊的說法。作者的詩集裏有些首真是無可再精的精品（如《甘地》）；可是另有一些，就顯得累贅、煩瑣、重複、枝蔓，成了白圭之玷……他並非不懂錘鍊，卻未能篇篇錘鍊，句句錘鍊。〔註55〕

穆旦當時是否與兩位更年輕的作者有過交往已不得其詳，但從一般情形來推斷，這些誠懇的言辭或者當時其他人物對於穆旦詩歌缺點的批評，很可能對穆旦形成影響，促成他對寫作進行修改。

1948 年後半段，一個政局動盪不安、行將發生大變更的歷史時刻，亦是穆旦個人行動具有決斷意味的時刻——懷著「我想要走」（同名詩題，1947 年 10 月）的念想，穆旦最終於 1949 年 8 月踏上了赴美留學的征途。約在 1948 年 8、9 月間，穆旦自行編訂一部涵括了此前主要詩作的詩集〔註56〕，看起來

的詩和譯詩》，杜運燮等編：《一個民族已經起來》，南京：江蘇人民出版社，1987 年，第 20 頁。

〔註53〕據南開大學檔案館所藏查良錚檔案之《關於我所瞭解的查良錚的一部分歷史情況以及查良錚和杜運燮解放後來往的情況》（梁再冰，1955 年 11 月 26 日）。

〔註54〕李瑛：《讀〈穆旦詩集〉》，《益世報·文學週刊》第 59 期，1947 年 9 月 27 日。

〔註55〕少若（吳小如）：《讀〈穆旦詩集〉》，天津《民國日報·文藝》第 93 期，1947 年 9 月 8 日。

〔註56〕從詩集所錄作品來看，目前所見穆旦 1948 年詩歌僅 8 月所作《詩四首》（初刊於天津版《大公報》，1948 年 10 月 10 日）未錄，但發表於《中國新詩》第 4 集（1948 年 9 月）的《城市的舞》等 3 首詩均收羅在列，據此可大致推斷其編訂時間很可能是在 1948 年 8、9 月間。

也是對於批判之辭或時代語境的一種回應。

詩集原名《穆旦詩集》，後由家屬整理、以《穆旦自選詩集》之名出版
——更換書名，應是為了避免和早年詩集重名。詩集共擬收入 1937～1948
年間的詩歌 80 首。和之前每一次詩集的編訂一樣，穆旦又一次做出了大面
積的修改——據不完全統計，異文數量超過了 300 條。作為一部未最終完
成的詩集，全面審視其修改行為雖不具備充足的條件，但也有新的動向值
得一說。這一動向由穆旦對於時代／現實話語的處理所引發。

長途步行遷徙、戰場上的生死遭遇、小職員生涯的歷練，這些都使得時
代話語始終是穆旦寫作的一條主線，構成了穆旦寫作的基本底色。在作品修
改的過程中，如何處理時代話語，穆旦顯然是多有考慮。穆旦 1940 年代中
段之後的《時感》《飢餓的中國》《世界的舞》《紳士和淑女》等詩，都可說
是對於現實問題過於直接的處理。其中，長達 7 章的《飢餓的中國》，不同
版本中的異文將近 60 條，多是標點、字詞的異動，但也有數處涉及詩行的
修改，如「純熟得過期的革命理論在傳觀著」（《文學雜誌》版）一行，亦作
「論爭的問題愈來愈往痛苦上增加」（《益世報》版）、「痛苦的問題愈來愈在
手術桌上堆積，」（《穆旦自選詩集》版）。凡此，均顯示了時代話語如何在
穆旦筆下糾結不休的情形。

此種糾結的情形正不妨從初作於 1947 年 2 月、又在《穆旦自選詩集》中
有較多修改的短詩《他們死去了》來看取——也一併再來看看穆旦詩歌中較
多出現、且具有前後貫聯性的「上帝」／宗教話語：

> 啊聽！啊看！坐在窗前，
> 鳥飛，雲流，和煦的風吹拂，
> 夢著夢，迎接自己的誕生在每一刻
> 清晨，日斜，和輕輕掠過的黃昏——
> 這一切是屬於上帝的；但可憐
> 他們是為無憂的上帝死去了，
> 他們死在那被遺忘的腐爛之中。
> ——初刊本（天津版《大公報》，1947 年 3 月 16 日）
>
> 呵聽！呵看！坐在窗前或者走出去，
> 鳥飛，雲流，和煦的風吹拂，

一切是在我們裏面，我們也在一切裏面：

一個宇宙，睡了一會又睜開

奇異的眼睛，向生命尋求——

但可憐他們是再也不能夠醒來了，

他們是死在那被遺忘的心痛之中。

——《穆旦自選詩集》版

時代話語與宗教話語的糾結，原本就是穆旦詩歌的一個重要內容。對於穆旦詩中宗教問題，王佐良當年有過判斷：「穆旦對於中國新寫作的最大貢獻，照我看，還是他創造了一個上帝。他自然並不為任何普通的宗教或教會而打神學上的仗，但詩人的皮肉和精神有著那樣的一種飢餓，以至喊叫著要求一點人身以外的東西來支持和安慰。」〔註57〕王佐良引述穆旦更早時期的詩作如《蛇的誘惑——小資產階級的手勢之一》《悲觀論者的畫像》《我》，認為其中顯示了宗教屬性，而「他創造了一個上帝」「詩人的皮肉和精神有著那樣的一種飢餓」等判斷，又意在表明穆旦並非一個嚴格意義上的宗教詩人。

總體來看，就發生機制而言，穆旦詩中的宗教與現實始終有著莫大的關聯。初作於 1947 年的《他們死去了》也顯示了這一傾向。詩歌以「可憐的人們！他們是死去了，／我們卻活著享有現在和春天」開端，其間涵蓋了 1940年代穆旦詩歌的一些核心主題，「大眾」「死亡」「遺忘」「上帝無憂」等，詩歌寫的是荒涼、頹敗的現實場景，「為泥土固定著，為貧窮侮辱著，／為惡意壓變了形，卻從不碎裂的」（語出稍後的《荒村》一詩）無名者的死狀。不嫌誇張，穆旦將自己的形象嵌入了感時憂國的中國知識分子形象譜系當中，但是，初刊本《他們死去了》的後半段導向了「上帝」：「他們死去了」，是因為上帝「無憂」，上帝沒有給予關切——希冀「上帝」來拯救處於「不幸」之中的民眾，其情感固然強熾，憂切固然深重，卻大大地背離了中國的傳統，這樣的表述不能不說是非常觸目的。

《穆旦自選詩集》版將「他們是為無憂的上帝死去了，／他們死在那被遺忘的腐爛之中。」改作「但可憐他們是再也不能夠醒來了，／他們是死在那被遺忘的心痛之中。」其間明確包含了對於宗教話語的潛移——移除了

〔註57〕王佐良：《一個中國新詩人》，《文學雜誌》第 2 卷第 2 期，1947 年 7 月。

「非中國的」「上帝」的聲音。但與此同時，初刊本之中「鳥飛，雲流，和煦的風吹拂，／夢著夢，迎接自己的誕生在每一刻／清晨，日斜，和輕輕掠過的黃昏──」一類詩句，所展現的原本是一幅充滿自然情態、親昵可感的場景，顯示了穆旦對於中國古典文學的一個慣常模式的運用，即以虛擬想像之境（夢境）來縫合現實，從而與「『可憐他們死去了』這一憤慨主題形成了微妙的對峙」（更多討論，參見本書第二輯第一篇）；修改之後的詩句「一切是在我們裏面，我們也在一切裏面」，嵌入某種顯在的哲學意蘊，主觀意圖似更為強熾，卻也或如解志熙批評《隱現》修訂版之中「充滿了過於闊大的歷史感慨和傾情告白的抽象抒情」，不復有初刊本之中那種精微的詩學效果。

　　放到 1940 年代末期這一時間點來看，其實也很難說《他們死去了》的末尾有意移除宗教話語的做法具有足夠的典型性，且不說諸如《隱現》的重訂本身即是宗教話語的強熾表現，《我歌頌肉體》中「你沉默而豐富的剎那，美的真實，我的肉體」一行，「肉體」也被「上帝」替換，實際上，《他們死去了》的前半段也仍然浮泛著「上帝」的字眼，但文本的驟然改變，還是可以認為其中顯示了穆旦的某種傾向或努力，即以某種現實的命題來取代命定的上帝的聲音。儘管就修改的詩學效果而言，此間的修改顯示了某種浮泛、急躁乃至失敗的面向，但對於一位行將被中斷寫作的詩人而言，這一變動的痕跡顯示了某種自我的糾正，仍然是值得注意的。

（三）詩人的自我形象與修改的整體局勢

　　還可以從整體角度對《穆旦自選詩集》所展現的自我形象予以論說。

　　穆旦此前三部詩集的下限止於 1945 年，不足以呈現其當時創作的總體面貌。此時編訂一部從 1937 年到 1948 年的詩歌總集，並對篇目進行了有意的編排，應是對於此前創作的一個有意識的總結：有《序》，儘管具體序文已無法找到，但鑒於此前三部詩集均沒有序言，此一舉措應是表明詩人對過去的創作有話要說；詩歌被編為四部分，各部分均有題目，這種主題編排也是先前的詩集所沒有的。四個部分的題目分別為「第一部　探險隊（一九三七～一九四一）」、「第二部　隱現（一九四一～一九四五）」、「第三部　旗（一九四一～一九四五）」、「第四部　苦果（一九四七～一九四八）」，其間，有兩個取用此前詩集的名稱，表明詩人對於此前寫作和詩集出版行為的肯定，「探險」與「旗」仍然具有風格指向性；「隱現」，是精心寫就的長

詩和修改重點之所在，也是飽含精神內蘊的主題線索所在；1947～1948 年間從未結集的詩歌則是被取了一個主觀意味非常明顯的名字，「苦果」。由此，四個版塊可謂是嵌構了一種內在的秩序：從「探險」的激情張揚，到「隱現」式的精神訴求，再到「旗」式主觀投射，最終則是生命「苦果」的品嘗——通過對四個創作主題的自我歸結，穆旦似乎有意識地勾勒出一幅個體在現代社會裏成長與毀滅的圖景，這或如前述從《誕辰有作》到《三十誕辰有感》的修改所示，包含了「『黑暗』的歷練與成型」，也或如《手》對於「聲音」被「謀殺」的景象的勾描（錄初刊本，1947 年 11 月 22 日《益世報‧文學週刊》）：

> 我們從那裡走進這個國度？
> 萬能的手，一隻手裏的沉默
> 謀殺了我們所有的聲音。

此前在討論穆旦詩歌的異文時，曾結合一些高頻詞彙如「歷史」「黑暗」等，談到穆旦寫作的某種譜系性問題，其間多有譜系加強的例子，經由修改，一些重要的詞彙與圖景得到了複寫，不同詩歌寫作之間的內在關聯得以加強；但如《反攻基地》等詩所示，也有一些反向的例子。既存在加強或弱化的現象以及一些看起來並不確定或未完成的因素（比如對於時代／現實話語的處理），可見穆旦的寫作與修改之中雖有某些前後貫穿的脈絡，在總體上卻可能並不存在一種嚴密的整體譜系。

但就《穆旦自選詩集》所顯示的自我觀念而言，在 1940 年代末期著意編訂詩集、并再次進行大面積的修改，此一行為應是包含了以一種帶有整體意味的自我形象來統攝之前全部寫作的意圖。編訂與修改行為發生於 1940 年代的寫作、發表行為即將結束之際——這樣的結局並非個人所能預料，不能全然以結局來推斷此前的行為，但時局的急劇變化、批評話語的急轉直下當是個人所能切身感知得到的，可見在紛亂的時局之下，穆旦對於自己的詩歌寫作以及詩歌所勾畫的自我形象仍念茲在心——借用穆旦此一時期詩中密集出現的「歷史」一詞，對於一位身陷具體歷史語境之中的寫作者而言，歷史的壓力往往是難以掙脫的：穆旦對於寫作的反覆修改，也可說是個人與歷史時代的複雜關係的外化。

放諸 20 世紀中國文學這一更大的歷史語境來看，最典型——最能見出時代因素的修改被認為是發生在新中國成立之後，「在修改的問題上，1950

年是一個分界線」，作家「修改舊作的主要動因，是為了迎合一種新的文學
規範，表現新的國家意識形態」，「是有知識分子的改造運動作為背景的」。
〔註 58〕以此來看，穆旦對前期詩歌反覆修改的行為並不具備時代典型性。
對此一時期的穆旦而言，其寫作並沒有如後世寫作者那般承受著強大的時
代規約與思想壓力，其修改亦不負載作家思想改造、迎合國家意識形態的
內涵。

　　如今看來，這種並不具備「時代典型性」特徵的修改正彰顯了穆旦的詩
人本色──穆旦詩歌的修改行為也足可稱之為一種典型的詩人修改。如前所
述，無論是繁瑣的「修辭性的修訂」，還是對於詩行的調整、段落的大幅修改
乃至少數詩篇的重寫，其間或有現實話語的激發，或有批評因素的觸動，但
總體上說來，修改乃是源於詩本身，而非外力使然。實際上，穆旦的詩歌總
量並不算特別大，這意味著他是在一個相對較小的基數之上來展開修改的，
這凸現了穆旦對於寫作行為的重視，也強化了其詩歌修改的力度──反過來
看，正因為對於寫作行為的重視乃至苛求，寫作量得到了有效的控制，修改
也是自我控制的一種方式。

　　對寫作本身而言，修改原本是寫作行為背後的那種看不見的構成要素，
儘管讀者所看到的、作者所認可的多半是「最終定稿」，但藉助各種版本的比
照──藉助文本的演變史，那些「看不見的要素」浮現於外，寫作背後的種
種秘密得以更為清晰的凸顯，寫作行為的歷史脈絡或內在譜系往往也能得到
更為透徹的檢視。落實到穆旦的寫作之中，簡言之，其文本的演變史大致即
可包括個人寫作的特殊偏好、詩歌經驗的不斷衍化、詩學構想的萌生與消退
（如對於詩歌形式的處理）、寫作者的思想觀念（如基督教思想背景、個人的
歷史觀念等）、個人寫作與同時代的文學語境及時代話語的關係諸多層面的因
素。

　　而如前文的細緻分析所示，其間雖也有浮泛乃至失敗的面向，但就總體
而言，穆旦對於寫作的修改無疑還是具有更為突出的詩學效果。

由穆旦詩歌匯校談到作家文獻整理的諸種因素

　　《穆旦詩編年匯校》的成型自然並非一個陡然的事件，檢視中國現代文

〔註 58〕金宏宇：《中國現代長篇小說名著版本校評》，北京：人民文學出版社，2004
　　　　年，第 8 頁、第 18～19 頁。

學文獻學知識理念的發展脈絡，我個人傾向於將 2003 年在清華大學召開的
「中國現代文學的文獻問題座談會」視為一個重要的節點。站在十多年之
後的今天重新審視，會議的遺產既在於明確提出「文獻問題」是現代文學研
究持續推進之中「脆弱的軟肋」（劉增杰語），更在於圍繞文獻工作所提出的
諸多富有建設性的觀點——其核心要義當是諸位學者所達成的若干共識，
諸如「一致認為中國現代文學文獻是亟待搶救的文學和文化遺產」，「一致
認為新的文獻的發現、整理和刊布，不僅是重要的基礎研究工作，而且往往
意味著學術創新的孕育和發動」，「現代文學文獻的搜集、整理與刊布是一
項牽涉面很廣的公共工程」，有待國家機構、學術組織、社會人士與家屬之
間的支持和參與，同時，也應「在現代文學學科內部建立起文獻工作的協作
機制」；文獻工作者應有「嚴格的學術訓練」，應「加強學術規範，提高學術
道德，強化學術紀律」等。這些共識的歸結對於現代文學文獻學觀念的提升
當是多有助益。〔註 59〕

　　在本文的範疇之內，還有必要重提第三條，即關於文獻整理規範方面的
共識：

　　　　鑒於現代文學學科的文獻學基礎還很薄弱，在許多問題的處理
　　上各自為政、無章可循，不利於現代文學文獻研究的開展和成果的
　　交流，所以與會者一致認為有必要借鑒古典文獻學的傳統慣例、汲
　　取以往現代文學文獻研究成果的成功經驗，根據現代文學文獻的實
　　際情況，確定一些基本的工作標準，並酌定可供同行共同遵守的文
　　獻工作規範以至於可通用的文獻工作語言，期望在今後的工作中補
　　充和完善起來。其中討論較多的是全集或文集的編輯原則以及版本
　　校勘問題。大家認為現代文學文獻的整理工作旨在保存文獻，為今
　　後的研究和再篩選提供一個基礎和基藏，因此求真求全是其當然的
　　學術要求。為此，應力爭為重要的現代作家編輯全集或較完備的文
　　集……重要的作家作品應出匯校本。

從觀念層面來看，由全集或文集的編輯原則、版本校勘問題，進而述及

─────────────

〔註 59〕解志熙：《「中國現代文學的文獻問題座談會」共識述要》，《中國現代文學研
　　　　究叢刊》，2004 年第 3 期。按：此次會議還有其延續性，隨後河南大學也召
　　　　開了相關會議，參見劉濤：《中國現代文學文獻問題學術研討會綜述》，《中國
　　　　現代文學研究叢刊》，2005 年第 2 期。

重要作家作品的匯校本，對於相關研究困局的診斷和研究前景的勾描可謂切中肯綮。在現代文學文獻學知識理念逐漸深入、文本整理成果較多出現的新局勢之下，學界同仁很有必要就現代文學文本匯校的開展情況做更深入的協商，尤其是匯校工作之中的諸種技術性因素，「確定一些基本的工作標準，並酌定可供同行共同遵守的文獻工作規範以至於可通用的文獻工作語言」。從目前的情勢來看，此一工作非常之繁瑣，受關注度也還亟待提高，如下結合《穆旦詩編年匯校》略作展開，涉及異文、校勘方法、底本、校本、匯校範圍以及相關文獻工作語言等層面。

（一）異　文

凡匯校，都需釐定異文。在古典文獻學的概念範疇之中，所謂「異文」，是指「同一文獻的不同版本中用字的差異，或原文與引文用字的差異」。〔註60〕而隨著現代印刷技術日益發展、書寫條件日益便利，現代文學作品中的異文的繁複程度遠非「用字」所能涵蓋──字詞之外，標題、標點、段落、篇章（全篇）、落款乃至一些形式因素（如空格、分行、分段）等等，這些作品修改可能涉及的方面均屬異文之列。

當然，這並非空泛無邊地指認，上述分類敘及的穆旦詩歌修改的各個層面之所以都在異文的認定之列，其核心要旨在於它們均有合理的版本依據和必要的時間限度：前者不出穆旦詩歌版本譜系所涵蓋的範圍，後者則是以同時代為限──本文並未著意區分「錯誤與異文」〔註61〕，而是視其為一種同時代因素，構成了穆旦寫作的歷史狀況或總體語境。

作為對應的現象是，後人對文獻進行輯錄、整理過程之中所出現的誤植（錯字、脫字、衍字等），若無合理的版本依據，並不能歸入異文，而應視作謄錄錯誤。《穆旦詩文集》中即有部分屬於此類情形。而檢視數首新發掘的穆旦集外文如《祭》《一九三九年火炬行列在昆明》《記憶底都城》等，其初刊本與整理重刊本也存在若干文字差異，包括字詞、標點和分節上的錯漏等，這也屬謄錄錯誤，不能視作異文。本文的相關段落在敘及時，並未使用「異文」的字眼，學界在面對現代文學文本整理中的同類現象時，亦應保持嚴格的尺度。

〔註60〕陸宗達、王寧：《訓詁與訓詁學》，太原：山西教育出版社，1994年，第86頁。
〔註61〕金宏宇曾專門區分「錯誤與異文」，見《中國現代文學校勘實踐與理論建構》，《中國現代文學研究叢刊》，2017年第3期。

（二）方　法

校書的主要方法，陳垣在《校勘學釋例》中分為 4 種，即對校法、本校法、他校法和理校法。對校法是最為基本的文獻校勘方法，亦稱「版本校」，是校書方法的基礎，「即以同書之祖本或別本對讀，遇不同之處，則注於其旁」；「此法最簡便，最穩當，純屬機械法。其主旨在校異同，不校是非，故其短處在不負責任，雖祖本或別本有訛，亦照式錄之；而其長處則在不參己見，得此校本，可知祖本或別本之本來面目。故凡校一書，必須先用對校法，然後再用其他校法」。「本校法者，以本書前後互證，而抉摘其異同，則知其中之謬誤。」「他校法者，以他書校本書。凡其書有採自前人者，可以前人之書校之，有為後人所引用者，可以後人之書校之，其史料有為同時之書所併載者，可以同時之書校之。」至於「理校法」：「段玉裁曰：『校書之難，非照本改字不謂不漏之難，定期是非之難。』遇無古本所據，或數本互異，而無所適從之時，則須用此法。」〔註 62〕目前有的古典文獻學著作亦是分為 4 種，但有所不同，為對校法、他校法、本校法和綜合考證法。兩相比較，「綜合考證法」意在指出，在實際校勘實踐之中，「往往諸法並用，而且要根據自己的文字音韻訓詁以及歷史文化知識來判斷是非」，「一個合格的校勘學家，其功力可盡見於此法。」〔註 63〕可知其所謂「綜合」，既有「理校」的含義，也強調了「諸法並用」的必要。

《穆旦詩編年匯校》主要採用對校法，即底本和校本的對校。對於部分明顯的疏（錯）漏，採用「理校法」／「綜合考證法」──不同於古典文獻校勘的是，對於現代文學作品的校勘，多是根據現代印刷條件、語言習慣、手民誤植等方面的因素，校出所存在的錯漏之處。僅有少數幾處校法或可歸入本校法與他校法之列，比如在某詩的校勘中，借助穆旦本人其他詩歌之中同一詞彙的使用情況來說明，或將穆旦本人書信所涉詩歌納入對校，這大致即是本校法──也可以說是本校法的擴大化，即突破本文或本書的範圍而擴大到本人的其他作品。將《現代詩鈔》這一同時代的選本納入校本之列，大致即是他校法。

對於現代文學作品的校勘而言，個中情形大致也是如此，即以對校法為

〔註62〕陳垣：《校勘學釋例》，北京：中華書局，1959 年，第 144～150 頁。
〔註63〕杜澤遜：《文獻學概要（修訂版）》，北京：中華書局，2008 年，第 141～147頁。

主，兼及「理校法」／「綜合考證法」，限於材料，本校法的使用頻次較低；
而關於他校法，已有研究指出，「現代文學中用於他校的材料比古典文獻的範
圍更廣」，「但他校所用的材料畢竟不是直接的、原始的。故他書材料一般只
可供作為參考或旁證。」〔註64〕

（三）底　本

從歷史的角度看，所謂「校勘」實際上往往蘊涵了確立一種更為完善的
版本的意圖。中國古代詩歌在傳抄的過程之中，抄者往往會採取一種策略，
即從若干存在異文的手抄本之中，選取一個更為完美的本子。故對於古書校
勘的底本與校本，有觀點認為：「底本，應是傳本中訛誤較少的本子。校本，
則是較早的祖本。校本可以是一個，也可以是幾個，要根據實際情況來定。」
〔註65〕

現代文學作品是現代印刷技術、出版制度下的產物，有報刊本、出版本
乃至作者手稿可供查照，基本上不會出現古代文學作品傳播過程中的那種被
傳抄者妄自改動而無從查證的現象（但這並不意味著沒有他人妄自改動的情
形），但眾多版本之間，如何擇善（優）而從，無疑也是一個很大的難題。初
刊（版）本自是有特殊的歷史價值，但未必就是最好的；作者生前所做出的
最終改定稿，雖然明確體現了作者的意圖，但縱觀之，藝術水準萎縮的也不
在少數。前述「中國現代文學的文獻問題座談會」的共識述要即曾指出：「在
編輯全集或文集中應以求真為首要標準這一點上，大家的意見比較一致，並
認為求真應體現在充分掌握各種版本（各種出版本和各次刊發本以及手稿）
的基礎上，擇善而從，以為底本；所謂擇善而從，應根據具體情況作具體處
理──在一般情況下初版本或初刊本因更能反映作家創作的初衷而理應得到
重視，但並不意味著唯『初』是從，如果初版本或初刊本之後的修訂本在藝
術和思想的表達上更為完善，而其修訂本並未受到其他外部因素的干擾，則
後出的修訂本也理應在選擇之列。底本經確定之後，應盡可能地以其他版本
校勘，並出校記，而切忌逕改底本原文，以存其真。」〔註66〕

〔註64〕金宏宇：《中國現代文學校勘實踐與理論建構》，《中國現代文學研究叢刊》，
　　　　2017年第3期。
〔註65〕杜澤遜：《文獻學概要（修訂版）》，北京：中華書局，2008年，第148頁。
〔註66〕解志熙：《「中國現代文學的文獻問題座談會」共識述要》，《中國現代文學研
　　　　究叢刊》，2004年第3期。

　　《穆旦詩編年匯校》是首次對一位現代重要詩人的全部詩歌作品進行匯校整理，主旨在校異同，並沒有預設一個「善本」的理念。最後的考慮可謂是一個妥協的結果，即以「初本」為底本：一方面是考慮到所涉作品量比較大，遵循前後一致的體例原則，另一方面則是考慮以「初本」為底本，能清晰地呈現穆旦的寫作與修改的過程。具體到不同詩歌，情況終究還是有所不同：（1）鑒於大部分前期詩作曾收入當時公開出版的詩集，凡此，均以初版本為底本。（2）上述之外的前期詩歌、1957 年所發表的詩歌，均以初刊本為底本。（3）晚年詩歌，即現署 1975～1976 年間的作品，凡能找到完整手稿的，均以手稿為底本；其餘則以《穆旦詩文集》為底本，但在其他情形之下，《穆旦詩文集》僅用作對校，不作底本；（4）《穆旦自選詩集》僅用作對校，不作底本。

　　在確定底本之後，依據遵照原樣、不加改動的原則，即不「逕改底本原文，以存其真」。凡底本有差錯的，亦不做直接改動，而是借助「理校法」，在注釋中加以說明。

　　附帶提出一個相關的問題，在作家總集的編纂中固宜採取前後一致的版本原則，以便於整體狀況的呈現，但對單個作品或作家作品選本的編纂而言，也還是存在一個何種版本更為合宜的問題。比如說，編訂一部穆旦詩選，基於更好的詩學效果的考慮，即所謂「擇善而從」，完全可以從各版本之中選出最好的篇什，合成各詩最佳版本的精選集。其間蘊含了編選者的審美眼光，但也並未修訂穆旦的寫作。這是另一種版本譜系的構造，也可能是通向「新善本」的路徑之一，當另文再敘。

（四）異本／校本

　　古籍在漫長的歷史流傳過程之中，很可能存在較多異本，無法逐一展開對校，因此，會區分為主要對校本和參校本。〔註 67〕但現代文學階段時長較短，且異本有限（不包括後世整理出版的一般性版本），在實際的匯校之中，盡可能齊全地搜集、匯校各類版本的異文自然是題中應有之意，也即，對現代文學作品的匯校而言，宜將全部異本列作校本。

　　穆旦詩歌的版本譜系已如前述，主要即是穆旦本人生前的發表本、出版

〔註 67〕杜澤遜：《文獻學概要（修訂版）》，北京：中華書局，2008 年，第 141～147 頁。

本和部分的手稿本、通行本。其他的，也包括穆旦晚年書信所涉詩歌及相關信息。書信雖非一種深思熟慮的文體，但相關異文也有助於讀者對穆旦寫作行為的深入理解。相關選本原本不在匯校之列，但前述聞一多編選《現代詩鈔》包含了穆旦詩歌版本的複雜情況，用以匯校，在呈現歷史的複雜性方面自是有其特殊效應。書信、選本等方面所觸及的狀況，在其他作家文本的校勘之中也是值得注意的。

（五）匯校範圍

鑒於這是首次對穆旦詩歌進行匯校，而且到目前為止，對於現代文學作品的整理，尚未出現過對一個重要作家的全部詩歌進行匯校的現象，故不厭其細，凡有異文處均出校。基於穆旦詩歌版本的複雜性，又可分為兩種情形：

1. 一般性異文的校勘

具體的匯校內容，包括詩題、詩行文字、標點、詩末所署日期以及一些形式方面的因素（如空格、分段等）。有必要說明的是，所涉因各類技術性因素所造成的異文，如異體、通假以及闕文等，均一一出校，以存歷史之貌。從校勘的角度說，這類做法比較繁瑣，但在目前文獻工作語言尚未統確的情形之下，如是處理也還是有其合理性。

2. 重寫類作品的校勘

重寫類作品的異文數量大，校勘起來顯然更為棘手。一一出校勢必將非常之繁瑣，效果也很難保證。《穆旦詩編年匯校》在實際編排過程中，對於《神魔之爭》《隱現》這兩首改動非常之大的長詩所採取的策略是排兩稿：一稿單列初刊本，另一稿則是以再刊本為底本，匯校其他各版本中的異文。

兩種情形之下，後者更為複雜。看起來，《穆旦詩編年匯校》的處理也只能說是權宜之計，或者說是基於詩歌文體的便利——換個角度來說，本文以穆旦為例所討論的是詩歌文體，此前新詩匯校工作的開展還很有限，已經成型的僅有郭沫若的詩集《女神》，徐志摩、戴望舒等人的詩全集（編）明確標注了異文信息，其他的如馮至、卞之琳等人的詩歌匯校工作尚在初步階段〔註68〕，綜合比照，穆旦詩歌修改的繁複程度遠在一般現代詩人的

〔註68〕我所指導的 2019 屆碩士研究生中，有兩位分別對卞之琳詩集《雕蟲紀曆》和馮至早年的三部詩集進行了匯校，前者以定本為底本，後者以初本為底本；

修改之上。就實際匯校效果而言，其間雖亦有棘手之處，但詩歌終歸是容量偏小的文體，基於詩歌分行這等短促、簡潔的體式，終歸還是便於分割和呈現，這是詩歌文體的便利之處，至於其他文體如何處理繁雜的異文，比如改動非常之大的、「似而不同的異文本」〔註69〕，亦或者是新中國成立之後一段時期之內作品的「修改浪潮」中「為了迎合新的國家意識形態和新的文學規範而進行的舊作新改」——「新的異文類型」〔註70〕，看起來都有不小的難度。

（六）輯校樣式／相關文獻工作語言

對於作品校勘而言，校語、格式乃至校勘記等方面，涉及作家文獻整理的工作語言問題，亦宜進行適當的規整。

《穆旦詩編年匯校》所稱版本即是每首詩詩末所標注的版本，如《自然底夢》，曾抄送給友人楊苡，有手稿存世，初刊於馮至等著《文聚叢刊》第1卷第5、6期合刊《一棵老樹》，收入詩集《穆旦詩集》《穆旦自選詩集》以及通行本《穆旦詩文集》。以初本為底本，因有初版本在，此處即以《穆旦詩集》為底本，其他四個版本則分別稱手稿版、《文聚叢刊》版、自選集版、詩文集版。此間的經驗在於，在一般的討論之中，可以徑直以初刊本、初版本、通行本一類慣常用語稱之，以顯示版本流變的效應；但基於穆旦詩歌複雜的版本譜系，輯校時宜據實稱之，以明確各版本所指。

匯校取腳注的形式，凡出現異文的，均在腳注中「照式錄之」。個中情形太多繁瑣，此處不擬展開。要言之，就《穆旦詩編年匯校》實際展開方式來看，鑒於穆旦詩歌修改量大，版本譜系又相當複雜，所錄版本和異文內容，是盡可能保證其有足夠的涵蓋性、同時又指稱明晰，敘述簡潔，不做繁瑣之論。

以此為基礎，對兩位詩人的寫作展開了版本批評。
〔註69〕解志熙舉師陀的兩篇《夜之谷》為例，指出「它們所寫的內容有一半是相同的，但也有近一半是很不同的，這種不同是藝術處理的不同，因此這兩個文本就不能相互代替，不宜用版本校勘來解決，而只能把它們作為似而不同的異文本並存」，見《蘆焚的「一二·九」三部曲及其他——師陀作品補遺箚記》，《河南大學學報》，2012年第5期。
〔註70〕金宏宇認為，這類修改「已不只是語言、文字問題，超出了校勘學的研究範疇，卻也為現代文學校勘學提供了一種新的異文類型」，見《中國現代文學校勘實踐與理論建構》，《中國現代文學研究叢刊》，2017年第3期。

　　進一步看，為更好地釐清版本狀況，展現版本演變背後的諸種因素，「校注」與「校讀」始終也是必要的。校注方面，限於篇幅和體例，《穆旦詩編年匯校》僅對那些明顯存在錯誤的版本信息進行校注，其他的則暫未做說明。校讀文字自是可詳可略，本篇大概可歸入最為詳盡的校讀文字之列，蓋因目前現代作家作品的匯校工作尚未全面展開，故不厭其繁、不厭其細，以引起更多的注意。

結　語

　　如本篇開頭所宣告的，上述關於穆旦詩歌編年與匯校的翔實討論應該足夠揭示出作品編年與匯校所具有的效應遠非僅僅止於一般層面的文獻整理，它能全面觸及文獻整理層面的一系列內容，也完全可能容納更廣泛的研究內涵，諸如個人寫作史、文本演變史、個人寫作與時代語境的複雜關聯。質言之，現代文學文獻學本身也是一種切實有效的文學史研究和文學批評方法，以文獻學的視野觀照現代文學研究，不僅能帶動文本整理的精確化，亦將帶來研究方法和研究內容的更新。

　　當然，現代文學作品的整理與校勘是一項宏大而繁複的工程，不同文體如何處理蕪雜的異文，又如何「確定一些基本的工作標準，並酌定可供同行共同遵守的文獻工作規範以至於可通用的文獻工作語言」，也是未來一個時期之內現代文學文獻學工作者所必須面對的難題。

個人寫作、時代語境與編者意願
——編年匯校視域下的穆旦晚年詩歌研究

　　穆旦於 1977 年初去世，其晚年詩作均是此後才被整理發表和出版的。就一般情形而言，作者本人既已逝世，作品的寫作時間、版本認定等方面的問題當無疑義，但穆旦詩歌的實際情況卻非如此。根據目前收錄穆旦作品最為齊全的《穆旦詩文集》（第 3 版），晚年詩作共 29 首，標注為 1975 年和 1976 年的作品。穆旦當時致友人的書信之中曾抄錄過若干詩作，其逝世之後，部分詩作以遺作形式見刊於《詩刊》《雨花》《新港》、香港版《大公報》等處，並收入詩合集《八葉集》（1984 年）和個人詩選集《穆旦詩選》（1986 年），部分則是直接由手稿收入《穆旦詩全集》（1996 年）、《穆旦詩文集》（2006 年）一類詩全編。也就是說，晚年穆旦詩歌有手稿本（僅有部分被披露出來）、書信本、初刊本、初版本、最終整理本等不同的版本形態。

　　比照多種版本，可發現穆旦晚年詩作多有異動。涉及篇目達 20 首，包括《妖女的歌》《智慧之歌》《理智和感情》《演出》《歌手》《理想》《冥想》《春》《夏》《友誼》《有別》《自己》《秋》《沉沒》《停電之後》《好夢》《老年的夢囈》《退稿信》《黑筆桿頌》《冬》等，比例超過此一時期全部詩作的三分之二。儘管穆旦本人在書信中對部分詩歌的修改做過或詳或略的說明，但鑒於穆旦本人的逝世先於作品發表與出版的事實，這些版本狀況顯然只能說是部分地反映出穆旦的修改行為，更多的情況下，穆旦本人的意志已經曖昧不明。由此，規整穆旦晚年詩歌所存在的眾多異文，並用匯校視域來觀照之，既可見出在「1976 年」這個時間節點上，作家寫作與時代語境、

個人境況之間的特殊關聯，也能彰顯當代作家文獻整理過程中較易出現的一些問題。

《智慧之歌》等詩與穆旦晚年詩歌的寫作時間問題

就總體範圍而言，穆旦晚年詩歌的寫作時間基本上是沒有疑義的，但寫作時間的準確認定，以及由此所涉及的穆旦作品整理者的相關意圖，均可待進一步辨析。

目前關於穆旦晚年詩歌的編年問題是由穆旦家屬和相關人士所確定的：在現行收錄穆旦作品最為齊全的版本《穆旦詩文集》之中，1975 年有詩兩首，即《妖女的歌》《蒼蠅》。其餘的均編排在 1976 年名下，起於 3 月的《智慧之歌》，止於 12 月的《冬》。仔細甄別《穆旦詩文集》所透露的時間信息，29 首詩作可分為四個類型：第一類是標注了年月日、年月或者月日的詩作，屬時間可以確定的詩作，即《智慧之歌》《理智和感情》《城市的街心》《演出》《詩》《理想》《聽說我老了》《冥想》《春》《友誼》《夏》《有別》《自己》《秋》《停電之後》《退稿信》《黑筆桿頌》《冬》，計有 18 首。第二類是籠統標注為「1975 年」或「1976 年」的詩作，即《蒼蠅》《沉沒》《好夢》《老年的夢囈》《「我」的形成》《神的變形》，計有 6 首。第三類是「據作者家屬提供的未發表稿編入」「寫作時間推測為 1976 年」的作品，即《問》《愛情》，計有 2 首。第四類是時間未定型，即歸入 1975 年名下的《妖女的歌》和歸入 1976 年名下的《秋（斷章）》和《歌手》，計有 3 首。此外，《穆旦詩全集》曾收入《麵包（未完稿）》，注明「大約寫於 1976 年後半年，詩人的思緒亦在斷章中大致表現出來」。〔註 1〕已完成的詩行共有 4 節，可能是十四行詩的樣式，其結構為 4-4-3-3，但第 4 節第 3 行未完成。若為十四行詩，則此詩已算是大致完成，但《穆旦詩文集》未錄，故暫時忽略此詩。

很顯然，第三、四類詩作，實際上都屬無法確定寫作時間的作品，只是第三類對寫作時間進行了「推測」。與此同時，第二類詩作可能與它們也並不存在本質區別。統觀穆旦的全部寫作，大部分作品均明確標注了寫作日期，在總體上是便於繫年的，因此，《穆旦詩文集》將部分詩作籠統標注為「1975年」或「1976 年」，並不符合穆旦本人的做法。而從另一個角度來看，若根據一個先例，即編者對於 1957 年所發表的詩歌的處理方式來推測，則很可能也

〔註 1〕穆旦著、李方編：《穆旦詩全集》，北京：中國文學出版社，1996 年，第 357 頁。

是無法確定寫作時間：1957 年，穆旦共發表詩歌 9 首，其中除了兩首注明時間為 1951 年，其他 7 首則是均未署寫作時間，但前兩版《穆旦詩文集》一律將七首詩歌的寫作時間署為「1957 年」。兩首標注為「1951 年」的作品曾引起討論〔註2〕，而從 7 首詩歌內容來推斷，固然可說是和 1957 年的時代語境非常之切近，但將發表時間直接等同於寫作時間，終究是缺乏必然的依據。此外，第一類中的《停電之後》一詩，在 1986 年版《穆旦詩選》中，寫作時間並非標注為「1976 年 10 月」，而僅僅是「1976 年」。第二類中的《老年的夢囈》一詩，其第 2、4、5 節曾載入穆旦 1977 年 2 月 19 日致董言聲的信，題為《老年》。書信寫作時間和詩歌寫作時間之間是否有關係，看起來也只能說是一個謎。第四類中的《歌手》，曾和《演出》一起載入 1977 年 1 月 12 日致郭保衛的信，未署寫作時間，此前也未單獨成篇，增訂版《穆旦詩文集》首次單獨析出，但並不是依據書信的時間，而是編入標注為 1976 年 4 月所作《演出》之後。這樣的編排方式，自然也是可以進一步商榷的。

綜合來看，至多只有 60%的穆旦晚年詩作可以確定寫作時間，其餘的詩作則可說是缺乏實證材料而無法確斷。以此來看，將兩首寫作時間難以確斷的作品編入 1975 年，又將兩個有確切寫作時間的作品分別編排在 1976 年寫作的首位和末位，中間貫穿著若干寫作時間無法確定的作品，可謂是包含了某種人為的編輯意圖，而非穆旦本人寫作圖景的準確呈現。

先來看起始點。或可先提出的是，友人楊苡曾在回憶中談到，更早的時候，比如勞改之餘看著遠處鄉村的炊煙穆旦也會寫下詩，當時在給她的信中即抄錄有。〔註3〕不過，限於資料，此一寫作行為已經無法確證。仔細審察目前所整理出來的詩作，歸入 1975 年的《妖女的歌》《蒼蠅》和排在 1976 年首位的《智慧之歌》，其編年均有可議之處。

《妖女的歌》屬於未經發表而直接入集的作品。最令讀者感到蹊蹺的是寫作時間的異動：首次收入編年體《穆旦詩全集》時，被列入 1956 年；收入《穆旦詩文集》時，卻又列入 1975 年。何以會有這番時間跨度如此之大的挪移，編者卻未置一詞說明。這兩部穆旦詩集有十年的間距，不少討論曾據前

〔註2〕參見胡續冬：《1957 年穆旦的短暫「重現」》，《新詩評論》，2006 年第 1 輯；
〔韓〕金素賢：《智者的悲歌——穆旦後期詩歌研究》，《現代中國文化與文學》
第 1 輯，成都：巴蜀書社，2006 年。

〔註3〕易彬：《「他非常渴望安定的生活」——同學四人談穆旦》，《新詩評論》，2006
年第 2 輯。

一個時間點做出過精彩的分析，看起來結果卻可能是失效的。〔註4〕作家手稿的整理及編年的權力由作品整理者（包括家屬）所掌握。一般的研究者所掌握的信息有限，往往無法察知其來龍去脈。相關異動給研究者所帶來的困惑，此即典型一例。

《蒼蠅》也存在時間異動的問題，不過相關信息主要和書信有關。初版《穆旦詩文集·1》有注釋：「此詩大約寫於 1975 年 5 月或 6 月，係詩人在 1975 年 6 月 25 日信中抄寄給詩友杜運燮的。」〔註5〕所稱信件，應該即是《穆旦詩文集·2》所錄 1975 年 6 月 28 日致杜運燮的信，時間上略有出入，當是文稿謄錄之誤。從內容看，該信應是附有《蒼蠅》《友誼》和另一首詩（篇目不詳，可能是《理想》），據此，這三首詩的寫作時間至遲也就在 1975 年 6 月。但是，在《穆旦詩文集·2》（增訂版，2014 年）之中，此信的寫作時間後移為「1976 年 6 月 28 日」。信中提到「是自己忙，腦子裏像總不停」的狀態，確是更接近於 1976 年中段的穆旦其他書信中所流露的某種感傷情緒，何以會後延一年，編者並未給出任何說明。

細察之，該信為殘信，缺開頭部分，落款也僅署「6.28 晚」。初版《穆旦詩文集》將該信認定為 1975 年，又將《友誼》的寫作時間標為「1976 年 6 月」，這已屬不妥。增訂版《穆旦詩文集》變更此信的寫作時間，主要原因應該就是為了與《友誼》的寫作時間相吻合，但這同時也使得《蒼蠅》的寫作時間成為問題。穆旦在該信中有「《蒼蠅》是戲作……我忽然在一個上午看到蒼蠅飛，便寫出這篇來」，以及「寫點東西，寄你三篇看看」之語。按照一般寫作情形來推斷，所寄上的「三篇」很可能即是寫於同一時期。若此，則《蒼蠅》的寫作時間很可能將要後移至「1976 年 5 月或 6 月」。不過，增訂版《穆旦詩文集》既未給出書信寫作時間後移的確切理由，嚴格說來，「1975 年 6 月 28 日」這一時間點也並未截然失效，而這又會使得《友誼》的寫作時間成為一個問題。當然，缺乏確鑿的證據，這些都只能止於推測。不過，穆旦致杜運

〔註4〕 個人印象中非常深的一個細節是，2006 年 4 月南開大學文學院舉辦「穆旦詩歌創作學術研討會」期間，《穆旦詩文集》首發，劉志榮當時即發現《妖女的歌》寫作時間的異動，並有所感慨。此前，劉志榮在《生命最後的智慧之歌：穆旦在一九七六》（《文學評論》，2004 年第 3 期）中，從「1956 年」的角度，對《妖女的歌》有過討論。

〔註5〕 穆旦著、李方編：《穆旦詩文集·1》，北京：人民文學出版社，2006 年，第 316 頁。

變的另一封信，編者確實是曾經將寫作時間後移了。〔註6〕

　　被置於 1976 年詩歌之首、標注為 1976 年 3 月所作《智慧之歌》也存在相關的繫年問題。自從穆旦家屬和友人杜運燮所編選的《穆旦詩選》出版以來，該詩始終被如此編排。這麼做無外乎兩個原因：其一，它確是穆旦1976 年的開篇之作，其二，作品的整理者願意將其視為穆旦 1976 年詩歌的開端之作。

　　對照《智慧之歌》的不同版本，手稿版〔註7〕署「3.10」，初刊本（《新港》，1983 年第 2 期）署 1976 年，收入《八葉集》《穆旦詩文集》等集時，均署 1976 年 3 月。姑且認為「1976 年 3 月」這一時間沒有問題，但基於先前關於穆旦晚年詩作寫作時間的總體狀況的分析，「1976 年 3 月」是否即是本年最早的寫作時間點，其實並沒有確切的證據，因此，將《智慧之歌》編排在穆旦 1976 年詩歌之首的做法，更多地應是出於後一層的考慮──《智慧之歌》完全可稱之為那種洩露寫作者內心秘密的詩篇，開篇即寫到：

> 我已走到了幻想底盡頭，
>
> 這是一片落葉飄零的樹林，
>
> 每一片葉子標記著一種歡喜，
>
> 現在都枯黃地堆積在內心。

　　一個「從幻想底航線卸下的乘客」，不僅「永遠走上了錯誤的一站」（《幻想底乘客》，1942 年 12 月作）；而且，終於走到了「幻想底盡頭」──在這個「幻想底盡頭」，年輕時的激憤消退，人生滄桑靜穆之感浮現。

　　晚年穆旦生命之中有一個關鍵性的事件，那就是 1976 年 1 月 19 日夜裏騎車摔跤，腿傷一直未得治癒。此事看似偶然，卻是根源於現實之痛。其時，穆旦長子已下放到內蒙古，這是他晚年非常憂心的一件事，晚年書信頻頻談及此事，當日夜裏騎車出門也正是為了打聽招工的事情。從這個角度說，腿被摔傷一事見證了穆旦與帶有利益關係和功利目的的現實之間的緊密關聯。由於腿傷沒有及時治療，肉體的疼痛一直到穆旦去世也沒有消失──穆旦最終因心臟病發作而倒在手術臺上。

〔註 6〕初版《穆旦詩文集・2》第 144～145 頁所錄穆旦致杜運燮的信，時間標為「1976年（日期不詳）」。根據書信內容推斷，此信的實際寫作時間最遲當在 1975 年底（相關討論可參見易彬《穆旦評傳》，南京大學出版社，2012 年，第 521 頁）。後出的兩版《穆旦詩文集・2》已將此信時間改為「1975 年（日期不詳）」。

〔註 7〕陳伯良：《穆旦傳》，北京：新世界出版社，2006 年，第 192 頁。

檢視穆旦這一時期的書信，此前，其情緒並不算低落，依然流現著某種理想信念──他甚至在新購的魯迅雜文集《熱風》扉頁寫下這等自我勉勵的話：「有一分熱，發一分光，就像螢火蟲一般，也可以在黑暗裏發一點光，不必等候炬火。」腿傷之後呢？從 1976 年 1 月 25 日開始，一直到 1977 年 2 月 4 日，穆旦在給董言聲、郭保衛、孫志鳴、江瑞熙、巫寧坤、杜運燮等舊友新知的書信中，反覆談及腿傷──越往後，越是大面積地出現了一種憂傷、恐懼的情緒，死之將至、人生虛無、生命幻滅的感歎。完全可以說，「腿傷」這一至關重要的事件───一種「人生無常」的境遇從根本上改變了晚年穆旦的生命圖景，直接誘發了穆旦「最後的寫作」。因此，姑且不論被置於 1975 年名下的兩首時間不明的作品，從隱喻的意義來看，在「1976 年 3 月」這一時間基點上，晚年穆旦重新開始了詩歌寫作──也正因為如此，這批詩歌首先應看作是穆旦個人內心的喃喃自語。一句「我已走到了幻想底盡頭」可謂寫出了人生的全部酸楚，足可統領穆旦晚年的全部寫作。

統言之，從晚年穆旦的人生軌跡與實際境遇來看，現行穆旦詩集將《智慧之歌》編排在 1976 年詩歌之首的做法有著獨特的合理性，雖然這終究無法斷然排除其他的可能性。

《停電之後》：令人疑惑的謄錄之誤？

《穆旦詩文集》的編者指出：「詩人晚期的創作，受惡劣的環境所限，往往寫在小紙片、信箋的空白或日曆的邊沿處，有些是被棄置，有些又是有意藏匿，文字校勘相當困難。」〔註8〕誠然如此，如何釐定不同版本的異文是一項複雜的工作。

穆旦晚年詩作中的異文，有一些是標點符號的不同標記，有一些是常見的語言現象或書寫習慣，如「的」與「地」、「他」與「它」、「像」與「象」、「做」與「作」、「年輕」與「年青」、「一會兒」與「一會」、「消溶」與「消融」、「和諧」與「合諧」、「蔚藍」與「蔚蘭」、「舞弄」與「午弄」之類。還有一些，屬脫字或者衍字。比如《理想》一詩的「逐漸淤塞，變成污濁的池塘」一行，初刊本（《新港》，1981 年第 12 期）作「逐漸污淤塞，變成污濁的池塘」，「污」應屬衍字。另外，手稿書寫亦有一些問題。比如《智慧之歌》中「但唯有一棵智慧之樹不雕」一行，其他各版「不雕」均作「不凋」。很

〔註8〕穆旦：《穆旦詩文集·2》（第 3 版），第 425 頁。

顯然，「不雕」不詞，應訂正為「不凋」。又如，「我詛咒它每一片葉的滋長」一行，手稿「詛咒」二字被塗掉，初刊本（《新港》，1983 年第 2 期）、《八葉集》版作「詛咒」，《穆旦詩文集》版作「咒詛」。在整理時，據較早版本補入「詛咒」二字也是必要的。其他例子，《退稿信》的書信版和《有別》的手稿版，均將「熟稔」寫作「熟諗」，《有別》的「一幕春的喜悅和刺疼」一行，手稿版「一幕」作「一暮」，這種明顯的書寫錯誤也是應該訂正的。大致說來，這些狀況跟書寫、謄錄、排版等方面因素有關，印證了研究者所指出的：「我們今天對現代文學文本的初刊本或初版本的校勘，事實上常常是在糾正當初排版中的誤排以至作者原稿中的筆誤」。〔註9〕

穆旦晚年詩歌中此類異文，多數在可理解的範圍之內，但也有突出的例子，那就是 1976 年 10 月所作《停電之後》。此詩初刊於《雨花》1980 年第 6 期，載入穆旦晚年所結識的年輕友人郭保衛的回憶文《憶穆旦晚年二三事》（《新港》，1981 年第 12 期）之中，題作《停電之夜》；隨後收入《穆旦詩選》《穆旦詩全集》；更全面的版本則是隨穆旦詩文選集《蛇的誘惑》（1997 年）而首次披露的 1976 年 10 月 30 日穆旦致郭保衛的信中。至此，《停電之後》一詩的異文情況全部顯形。

在不同版本中，異文共有 13 處，涉及詩題、標點、字詞和詩行，多數涉及字詞的改動。如下為《穆旦詩文集・2》所錄穆旦致郭保衛的書信版《停電之夜》：

> 太陽最好，但是它下沉了。
> 擰開電燈，工作照常進行。
> 我們還以為從此驅走夜，
> 暗暗感謝我們的文明。
> 可是突然，黑暗擊敗一切，
> 美好的世界消失、滅蹤。
> 但我點起小小的蠟燭，
> 把我的室內又照得光明：
> 繼續工作，也毫不氣餒，

〔註9〕解志熙：《老問題與新方法——從文獻學的「校注」到批評性的「校讀」》，《考文敘事錄——中國現代文學文獻校讀論叢》，北京：中華書局，2009 年，第 1 頁。

只是對太陽加倍地憧憬。

次日睜開眼，白日輝煌，
小小的燭臺還擺在桌上。
我細看它，不但耗盡了油，
而且殘留的淚掛在兩旁：
那是一滴又一滴的晶體，
重重疊疊，好似花簇一樣。
這時我才想起，原來一夜間
有許多陣風都要它抵擋。
於是我感激地把它拿開，
默念這可敬的小小墳場。〔註10〕

從形式上看，書信版詩行形式整飭，分兩節，每節均為10行；其他各版雖然亦是兩節，但初刊本每節均只有8行，回憶文版和《穆旦詩文集》版則是同為第2節10行，第2節8行。再看異文，題作《停電之夜》，書寫即時的圖景，有著某種幽微的色調；題作《停電之後》，則是更多敘事性或者散文化的意味，一字之差，還是有著不同的人生況味。詩行中的異文，初刊本缺「我們還以為從此驅走夜，／暗暗感謝我們的文明。」兩行；「消失」作「消影」；「耗盡了油」作「耗盡了心血」；「有許多陣風都要它抵擋。」作「有許多冷風都未使它消亡，」。除了「消失」與「消影」外，其他幾處異文均可說是包含了明顯的修改意圖。至於回憶文版、《穆旦詩文集》版，異文則還有「光明」作「通明」、「燭臺」作「蠟臺」，「殘留」作「殘流」等等，這幾處異文基本不致影響到對全詩的理解，是否謄錄或者排印錯誤也未可知。

上述異文之外，各版還有共同之處，那就是第2節均令人疑惑地缺少兩行：

那是一滴又一滴的晶體，
重重疊疊，好似花簇一樣。

從書信版第2節的詩行來看，第4行末尾為冒號，第5、6兩行詩為描述性的文字，生動地描述了蠟燭殘留的情形，冒號的使用與這一情形正好符合。刪去這兩行，第4行末的冒號不變，所對應的內容則變成了第7行——由一

〔註10〕穆旦：《穆旦詩文集・2》（第3版），第241～242頁。

個描述性的內容變成了一種心理活動。從冒號本身所具有的語法功能來看，這種改動使得上下意思銜接不當。而從詩意生成（詩歌經驗）的角度看，「花簇」一詞，與全詩最末一行的「墳場」構成了恰切的對應。蠟燭燃盡而剩餘些許燭油（「殘留的淚」），這不過是一個日常事件，而「墳」是一個富有精神內涵的鏡象（或可稱之為「心象」），將日常事件提升，這是一種常見的詩歌經驗──穆旦在這一方面的能力是非常突出的。而從實際效果看，只有對日常事件（事物）有所鋪墊，「詩意提升」才會顯得自然而不至於很突兀，從這個角度說，「那是一滴又一滴的晶體，／重重疊疊，好似花簇一樣」這一實寫式的描述，卻也恰似墳頭上點綴著的花簇。也即，經由「花簇」這一中介意象，從「燃盡的蠟燭」到「小小的墳場」的提升顯得更為生動、形象，更有詩意韻味。此外，穆旦晚年詩作多整飭，從詩行對稱的角度考慮，第 1 節既是 10 行，那麼，第 2 節 10 行顯然是更為合理的寫法。至於初版本，兩節均為 8 行，形式固然也是整飭，但缺少一些重要的詩行，並不能視為完整的版本。

綜合來看，書信版顯然是更為合理的版本，而且，也可以認為是改定版。那麼，進一步的問題則是：這個誤差是由誰造成的呢？是穆旦本人修改的結果？還是家屬或回憶文作者傳抄過程中產生的差漏？晚年穆旦詩歌形式多整飭，前者似乎不大可能；但若指認為後者，又缺乏足夠的證據。從相關詩集的編選來看，僅有《穆旦詩選》指出查明傳「擔負了全部詩稿的抄寫工作」〔註 11〕，查明傳為穆旦次子，應該是穆旦子女之中主要負責其詩歌整理的人選，日後還將穆旦早年編訂的一部詩選整理為《穆旦自選詩集》（天津人民出版社，2010 年）出版──固然，此一整理工作確實存在不少缺憾，但終究也無法作為其早期抄寫工作必然存在錯漏的明證。

在《停電之後》這一例子當中，書信起到了至關重要的作用。順著書信的角度進一步來看，其效應確實非常之明顯：一方面，如下文討論所示，《黑筆桿頌》《冬》等詩的修改，書信所提供的信息有助於讀者做出更有效的解讀；另一方面，儘管書信並非一種深思熟慮的文體，相關版本可能是、也可能不是最終定稿，但文本本身以及相關談話語境非常生動地展現了穆旦詩歌寫作的過程，有助於讀者更為深入地理解穆旦的寫作行為。因此，在穆旦詩歌的匯校整理之中，將書信中的異文列入也是必要的。

〔註 11〕杜運燮：《後記》，穆旦：《穆旦詩選》，北京：人民文學出版社，1986 年，第 159 頁。

《黑筆桿頌》《神的變形》：現實政治因素的滲入

關於《黑筆桿頌——贈別「大批判組」》《冬》等詩的修改，穆旦在書信之中有過自敘，相關討論將更有跡可循。

《黑筆桿頌——贈別「大批判組」》一詩的寫作信息可見於 1976 年 11 月 10 日穆旦致郭保衛的信，信中談到了此一時段所寫的兩首詩：「今天忽動詩思，寫了一首『退稿信』，是由於看到『創業』的批示而有感。想到今後對百花齊放也許開放一些吧。前十多天，在聽到『大批判組』的垮臺後，寫了一首『黑筆桿頌』，這兩首看來是可以發表的，但我自己已無意發表東西，想把它送給你，由你去修改和處理，如果願送詩刊，（我想是可以送詩刊）那就更好，那就是你的東西，由你出名字，絕不要提我」；「如果你覺得不好送出，那就看後一笑置之。我也許再給你寄些以後針對發表而寫的東西。這有無興趣，還得以後看。」

「無意發表東西」「絕不要提我」「針對發表而寫的東西」等等語句，顯示了穆旦對於時代語境的體察，只是因為突發的變故，個人歷史不得不遽然終止：穆旦隨後不久即逝世，郭保衛是否曾將作品寄給相關刊物暫不可知，「針對發表而寫的東西」是什麼形態也已無緣察見。如下是此次書信中的版本：

> 多謝你，把正確的一切都「批倒」，
> 人民的願望全不在你的眼中：
> 努力建設，你叫作「唯生產力論」，
> 認真工作，必是不抓階級鬥爭；
> 你把革命的紀律叫做「管卡壓」
> 一切合理的制度都叫它行不通。
> 學外國的先進技術是「洋奴哲學」，
> 但誰鑽研業務，又扣上「只專不紅」；
> 連對外貿易，買一些外國機器，
> 你都喊「投降賣國」，不「自力更生」。
> 不從實際出發，你只亂扣帽子，
> 你把一切文字都顛倒了使用：
> 明明是正在走的一夥走資派，
> 你說是「革命左派」，把騙子叫英雄；

> 每天領著二元五角伙食津貼，
>
> 卻要以最純的馬列主義自封；
>
> 人民厭惡的，都得到你的吹呼，
>
> 只為了要使你的黑主子登龍；
>
> 好啦，如今黑主子已徹底完蛋，
>
> 你作出了貢獻，確應記你一功。

郭保衛在隨後的覆信之中應該寄上了抄錄的詩詞和對穆旦所寄詩作的改稿。11 月 12 日，穆旦在覆信中，對郭保衛所添加詩句的不當之處做出了分析：

> 你添的句子，有一點問題。「退稿信」原意是諷編者腦中的舊框框，不適用「百花齊放」的形勢；你添的話把詩引向江青，與其他四段不合……第二段並不影射「創業」的十大罪狀……「黑筆桿」是指大批判組之類的黑文人的，不好把江青私生活的東西放進；而且批的是他們的言論。「你」指黑文人，非江青。
>
> 總之，你看情況吧，如把握不定，等些時再寄也好。像「退稿信」，現在也許太早，等一等看，雜誌上提倡百花時，再拿出也不晚，凡有點新鮮意見的東西，都會惹麻煩，人家都不太喜歡的。「黑筆桿頌」也許較平穩些？

「『創業』的批示」「『大批判組』的垮臺」等說法自是有著特定的時代內涵。〔註12〕12 月 2 日，穆旦又進一步談到了《黑筆桿頌》的修改以及時代語境方面的話題：

> 現在寫東西頂好按照要求寫，聽聽編者要什麼，否則大概是碰壁而回。因此我興趣不大。即使批四人幫吧，你得批到恰好的程度，多一點少一點都不行，本來我想提他們把「按勞付酬」扣上帽子為

〔註12〕「對《創業》的批示」應是指 1975 年 7 月 25 日，毛澤東為反映大慶石油工人艱苦創業的電影《創業》所寫下批示：「此片無大錯，建議通過發行。不要求全責備。而且罪名有十條之多，太過分了，不利調整黨的文藝政策。」與此相關，文藝界的整頓一度出現可喜的局面。「大批判組」應是指「北京大學、清華大學大批判組」，以「梁效」等為筆名，從中共十大（按：1973 年 8 月 24 日至 28 日，中國共產黨第十次全國代表大會在北京召開）到 1976 年 10 月「四人幫」垮臺，在三年多一點的時間裏，共寫出文章二百餘篇，公開發表 181 篇，內容涉及政治、經濟、科技、教育、文學藝術、歷史等各個方面。

「物質刺激」，但因現在報上不見此話，所以也刪去。報上有什麼，你再重複什麼，作品又有什麼意思。〔註13〕

與《穆旦詩文集・1》所錄版本相比，書信版缺副題「贈別『大批判組』」，異文則多達14處。其中有標點之異動，更多的還是字詞和詩行方面的變化。一些明顯體現修改意圖的異文有：「正確的一切」作「一切治國策」，「你把革命的紀律叫做『管卡壓』，」作「你把按勞付酬叫作『物質刺激』，」，「合理的制度」作「獎懲制度」，「辦學不准考試，造成一批次品，／你說那是質量高，大大地稱頌。」兩行缺，「明明是正在走的一夥走資派，／你說是『革命左派』，把騙子叫英雄；」作「到處唉聲歎氣，你說『鶯歌燕舞』，／把失敗叫勝利，把騙子叫英雄，」，「卻要以最純的馬列主義自封；」之後另多兩行：「吃得腦滿腸肥，再革別人的命，／反正輿論都壟斷在你的手中。」

從這幾次書信所談及相關異文來看，時代政治因素對於穆旦晚年寫作的滲透顯現無疑──《黑筆桿頌》《退稿信》等詩表明，在1976年10月「四人幫」被揪出這一歷史時刻，穆旦以既興奮又謹慎的心情寫下了自己的歷史觀感。其筆調與其重點翻譯對象、英國詩人拜倫的詩歌可謂多有相通，即一種「半莊半諧，夾敘夾議，有現實主義的內容，又有奇突、輕鬆而諷刺的筆調」。〔註14〕

由此所帶來的版本問題也別有意味：12月2日信中有「本來我想提他們把『按勞付酬』扣上帽子為『物質刺激』」、最終還是「刪去」等內容，以此來看，和《停電之後》相似，《穆旦詩文集・1》所錄版本實際上是初稿，書信版反而是改定版。

書信版本與相關手稿之間所存在的微妙差異，還可以見於標注為1976年4月所作、1977年1月12日抄錄給郭保衛的《演出》一詩。該詩書信版的異文多是標點和字詞上的差異，背後所浮現的時代語境問題不比《黑筆桿頌》複雜，對全詩的理解也不致造成影響。但既有異文，也可以認為寫作時間較早的手稿為初版，寫作時間更靠後的、有一定修改的書信版為改定稿，在作家文獻的具體整理過程之中如何處理，終歸也是一個問題。

論及穆旦晚年寫作中像《黑筆桿頌》這樣針對現實的作品，還有一首得

〔註13〕穆旦：《穆旦詩文集・2》（第3版），第248頁。

〔註14〕查良錚：《拜倫小傳》，《拜倫詩選》，上海：上海譯文出版社，1982年，第7～8頁。

到了更多討論的《神的變形》。該詩屬於前述第二類型的詩作，即僅僅署「1976年」的作品，首次入集是在《穆旦詩全集》，注明「係作者家屬提供的未發表稿」。〔註15〕沒有材料透現《神的變形》一詩寫作或修改的情況，但如下分析將指出，基於其語言表述方面的狀況，是否最終的完成稿也未可知。

詩歌設置了「神」「權力」「魔」「人」四個角色──和早年詩歌《神魔之爭》（1941年6月作）的角色設置大致相當，看起來，其間也迴蕩著《神魔之爭》的聲音：「神」與「魔」相互爭鬥，「神」是世界的「主宰」，「掌握歷史的方向」，「魔」則是要「推翻」「神的統治」的「對抗」者。「權力」是「神」的「病因」，將「神」「腐蝕得一天天更保守」。「人」呢，「我們既厭惡了神，也不信任魔，／我們該首先擊敗無限的權力！／這神魔之爭在我們頭上進行，／我們已經旁觀了多少個世紀！」別有意味的是，多半是出於強化話語效應的考慮，「人」還用了一句時髦的政治話語：「哪裏有壓迫，哪裏就有反抗」。〔註16〕

但略加對照即可發現，與《神魔之爭》相比，無論是篇幅、題旨還是情緒的強度，《神的變形》已經大大簡化或者說弱化：詩歌的整體情緒明顯變得緩和，現實指向性也大大加強，不再如《神魔之爭》那般構設文化的隱喻，也全無那種神秘詭異的、充滿戲劇張力與舞美效應的爭鬥情境。四個角色，實際上不過是近於四個理念符號，「神」與「魔」都是單面的，「權力」明顯遜於《神魔之爭》之中的「東風」角色，「人」也沒有「林妖」那般鮮活，雖被「神」與「魔」壓迫而依然葆有對於生命的疑惑。《神的變形》最終以「權力」的發言結束：

　　　　而我，不見的幽靈，躲在他身後，
　　　　不管是神，是魔，是人，登上寶座，
　　　　我有種種幻術越過他的誓言，

〔註15〕穆旦著、李方編：《穆旦詩全集》，北京：中國文學出版社，1996年，第353頁。

〔註16〕毛澤東在《從歷史來看亞非拉人民鬥爭的前途》（1964年7月9日）中寫到：「有壓迫，就有反抗；有剝削，就有反抗。」（見《毛澤東文集·8》，北京：人民出版社，1996年，第384頁。）1972年2月28日，《人民日報》發布《中華人民共和國和美利堅合眾國聯合公報》，其中也寫到：「中國方面聲明：哪裏有壓迫，哪裏就有反抗。國家要獨立，民族要解放，人民要革命，已成為不可抗拒的歷史潮流。」

> 以我的腐蝕劑伸入各個角落；
>
> 不管是多麼美麗的形象，
>
> 最後……人已多次體會了那苦果。

所謂「不管是神，是魔，是人，登上寶座」似可理解為一種「城頭變幻大王旗」式的權力變幻，「以我的腐蝕劑伸入各個角落」則可說是一種現實的訓誡；最末一句「最後……人已多次體會了那苦果」尤其富有意味，「人已多次體會了那苦果」這處於最末位置的十個字，連語言方式都變了。請注意，說話者是「權力」，它要說的無非是：以它的威力，「不管是多麼美麗的形象」最後都將承受被「腐蝕」的「苦果」，因此，按照正常的語法表達，這兩行詩應該是：

> 不管是多麼美麗的形象，
>
> 最後……都將讓人多次體會那苦果。

而「人已多次體會了那苦果」這一呈現為完成時態的表述，更像是出自一個洞察世相的、全知的敘述者之口——對從 1953 年回國以來就一再地經受「權力」的折磨而試圖為人生做出某種歸結的穆旦而言，一句「最後……人已多次體會了那苦果」直可說是穆旦內心景狀的隱喻：一個「……」似乎表明，詩人已無力再鋪陳推衍「神」「魔」與「權力」一類話題，而不得不急切地、卻又是相當無力地用超越說話者固有的身份或語氣的方式強制性地終結了詩篇。「人已多次體會了那苦果」，十個最通俗淺白的字，其涵義恰如「我已走到了幻想底盡頭」或「多少人的痛苦都隨身而沒」（《詩》，1976 年 4 月）。這又一次寓示了穆旦晚年詩歌確是哀傷而淒厲的生命輓歌。

從文獻輯錄的角度看，詩歌語言所存在的這種狀況，可能表明了寫作的未完成性。而就詩歌本身的意緒來看，與其說晚年穆旦是要通過寫作而對外在的權力社會發言，倒不如說是在為被「權力」不斷「腐蝕」的自身生命而哀挽，「權力」不過是個體生存境遇之中無法規避的東西，在穆旦所生活的實際年代，各種「權力」對於人的壓制顯得尤為明顯。正如《黑筆桿頌》等詩所呈現出來的現實熱情被遠未開化的時代語境生生地壓了下去，《神的變形》這種看似向現實發言的詩篇最終也蛻化為殘酷人生的總結之辭。寫作之中所流現的這樣一種情緒，可能是把握穆旦晚年詩歌最恰切的邏輯起點。

《冬》之修改：「老朋友」的勸誡與時代語境的效應

作於 1976 年 12 月、被視為絕筆之作的《冬》，是穆旦晚年作品中受關注度最高的一首。這既和詩歌所流露的情緒有關，也得益於它的修改——更確切地說，得益於穆旦本人對於修改的談論以及較長一段時間之內這種談論的隱沒。

一般讀者第一次見到《冬》是在《詩刊》1980 年第 2 期。如下為這個初刊本的第 1 章：

> 我愛在淡淡的太陽短命的日子，
> 臨窗把喜愛的工作靜靜作完；
> 才到下午四點，便又冷又昏黃，
> 我將用一杯酒灌溉我的心田。
> 人生本來是一個嚴酷的冬天。
>
> 我愛在枯草的山坡，死寂的原野，
> 獨自憑弔已埋葬的火熱一年，
> 看著冰凍的小河還在冰下面流，
> 似乎宣告生命是多麼可留戀。
> 人生本來是一個嚴酷的冬天。
>
> 我愛在冬晚圍著溫暖的爐火，
> 和兩三昔日的好友會心閒談，
> 聽著北風吹得門窗沙沙地響，
> 而我們回憶著快樂無憂的往年。
> 人生本來是一個嚴酷的冬天。
>
> 我愛在雪花飄飛的不眠之夜，
> 把已死去或尚存的親人珍念，
> 當茫茫白雪鋪下遺忘的世界，
> 我願意感情的熱流溢於心間，
> 人生本來是一個嚴酷的冬天。

全詩 4 章，關注度最高的無疑就是第 1 章。從語言、句式的角度看，它至少有三處突出的表達：一個是頻頻出現的冷色、晦暗的詞彙——即便是「太陽」也是「短命的」。一個是每節詩的末一行為複沓句式，均以「人生本來是一個嚴酷的冬天」收束。這一複沓句式在此前的《好夢》中也曾出現——《好夢》全詩五節，各節也均以「讓我們哭泣好夢不長」收結。另一個則是「我愛在……」句式，看起來要表達的是一種喜愛的情緒，但具體詩行所展現的卻多半是一種虛擬之境：姑且認為第一句「我愛在淡淡的太陽短命的日子」是實寫——但「太陽短命」顯然是一個陰冷的說法。之後三句：「我愛在枯草的山坡，死寂的原野」、「我愛在冬晚圍著溫暖的爐火」、「我愛在雪花飄飛的不眠之夜」無一不是用虛擬的語氣寫成，所展現的乃是一種人生的失落。這種語氣在《智慧之歌》之中有（「另一種歡喜是迷人的理想，／……／可怕的是看它終於成笑談。」）、《停電之後》之中亦有（「太陽最好，但是它下沉了」）。因此，言說《冬》是穆旦的絕筆之作，看起來非常之合理，它最終像結網一樣將晚年作品結了起來，直可說是涵蓋穆旦全部人生的一首詩。

但在此後家屬主導的穆旦作品的出版行為之中，所錄《冬》均是新的版本——直到《穆旦詩全集》才有了簡要的版本說明，其中提到穆旦當時將此詩抄寄給友人時，杜運燮「認為如此複沓似乎『太悲觀』，故改為不同的四行。」《詩刊》發表的係詩人家屬當時提供的最初手稿。」「穆旦家屬和杜運燮所編《穆旦詩選》（1986 年）收入的即為詩人改定稿。」〔註 17〕此後，儘管穆旦的一批書信出現在詩文合集《蛇的誘惑》之中，但抄錄《冬》或論及《冬》的修改的信件，又是到了十年之後的《穆旦詩文集》方才披露。至此可以看到，1976 年 12 月至 1977 年 1 月間，穆旦曾將《冬》的不同章節抄送給了杜運燮、江瑞熙、董言聲等多位老友，與此同時，《冬》的多份手稿也被披露出來。〔註 18〕以此來看，《冬》有手稿本（多份）、書信本（多份）、初刊本、改定本等多個版本，相關文獻也更為充分，更確切的討論成為可能。但十年間穆旦修改動因的隱沒，也激發了一些富有想像力的討論。〔註 19〕

〔註 17〕穆旦著、李方編：《穆旦詩全集》，第 362 頁。

〔註 18〕《穆旦詩文集・2》書前插頁有該詩第一章手稿，上有多處塗改痕跡；陳伯良所著《穆旦傳》（新世界出版社，2006 年）書前插頁也有該詩修改後的手稿；此外，還有抄送給友人楊苡的手稿，也是修改之後的版本，但仍有細微的差別。

〔註 19〕典型的例子如王攸欣：《穆旦晚年處境與荒原意識——以〈冬〉為中心的考

　　現有文獻表明，1976年12月9日，穆旦在給杜運燮的信中談到：「看到你的信，有一種氣氛，使我寫了冬（1）這首詩，抄給你看看，冬（2）是以前的。」這裡有兩個信息：一是和《蒼蠅》相似，《冬》的寫作又一次受到了老友杜運燮的激發；一是，《冬》的各章並非同一時間完成的——《冬》分4章，各章內部結構多有講究，整體結構卻明顯不均衡〔註20〕，此一狀況應該即是肇因於各章並非完成於同一時間。

　　杜運燮在覆信中認為《冬》第1章各節均以「人生本來是嚴酷的冬天」收束，未免太悲觀，並附上新寫的《冬與春》以激勵友人：詩歌化用穆旦所喜愛的英國詩人雪萊的名句：「冬天已經來到，春天還會遠嗎」？（「但一有冬天，新的春天就不遠」），極力鋪陳了一種樂觀的情緒：「爐邊的快慰是尋找冬天裏的春天，／人生是不絕的希望，無數的新起點；／灰爐裏的火星也在發光發熱，／地球一轉身，又是萬山綠遍。」〔註21〕這對穆旦顯然有所觸動。12月29日，穆旦再次致信杜運燮，具體論及了詩歌的修改：

> 我給你抄寄的那詩，大概由於說理上謬誤而使人不服；可是有形象在，形象多少動人，儘管那形象也是很陳詞濫調的，像聽熟了的不動腦筋的歌曲。我並不喜歡，但我想在詩歌變得味同嚼蠟時，弄一些老調調反倒「翻舊變新」了。你反對最後的迭句，我想了多時，改訂如下：將每一迭句改為①多麼快，人生已到嚴酷的冬天②呵，生命也跳動在嚴酷的冬天（前一句關於小河，也改為「不知低語著什麼，只是聽不見。」）③人生的樂趣也在嚴酷的冬天④來溫暖人生的這嚴酷的冬天。這樣你看是不是減小了「悲」調？其實我原意是要寫冬之樂趣，你當然也看出這點。不過樂趣是畫在嚴酷的背景上。所以如此，也表明越是冬，越看到生命可珍之美。不想被你結論為太悲，這當然不太公平。現在改以上四句，也許更使原意明顯些。若無迭句，我覺全詩更俗氣了。這是葉慈的寫法，一堆平凡的詩句，結尾一句畫龍點睛，使前面的散文活躍為詩。〔註22〕

　　《冬》詩分4章，後3章在不同版本中也有不少異文，如「勾銷」作「勾

察》，《中國現代文學研究叢刊》，2007年第1期。

〔註20〕《冬》第1章分4節，每節5行；第2章分節，每節4行；第3章分4節，每節4行；第4章分4節，每節4行；前兩章的差別尤其明顯。

〔註21〕杜運燮：《杜運燮60年詩選》，北京：人民文學出版社，2000年，第79頁。

〔註22〕穆旦：《穆旦詩文集·2》（第3版），第177頁。

消」、「閉塞住」作「閉住」、「硬殼」作「軀殼」等等，但重要性已明顯次之。學界的關注點幾乎全在第 1 章。縱觀穆旦的覆信，有幾處地方值得注意：

其一，穆旦強調「越是冬，越看到生命可珍之美。不想被你結論為太悲」，但從《冬》整首詩所透現的詩情來看，實在是有一種寒徹心扉的冷。第 1 章中所有關於「溫暖」的詩句，要麼被接踵而至的冷意撲滅，要麼是以一種虛擬的語氣寫成。第 2 章的寒意尤重，第 3 章也是寒意，用了類似於第一章的複沓句式，其基本旨意可用最末 1 節的「因為冬天是好夢的劊子手」來涵括；第 4 章甚至用「又迎面撲進寒冷的空氣」來收結。據此，如若不認為穆旦是在有意辯解，那麼，可以認為其寫作在主觀意願和客觀效果上存在著反差：主觀意願是想「要寫冬之樂趣」，實際寫成的詩句卻是冷到了極致，「太悲」。也即，穆旦試圖用文字來遮掩內心，但詩歌恰恰違背他的意志──洩露了他的內心。越解釋，越可反襯出他內心之悲，之寒。

其二，結句之中有「若無迭句，我覺全詩更俗氣了」之語。穆旦最初強調所寫不過是「陳詞濫調」；現在又有「更俗氣」的說辭，可能暗示了一點：他其實並不願意修改；修改「也許更使原意明顯些」（請注意這裡的「也許」一詞），但是，將以詩藝損害為代價，即「更俗氣」。他似乎並不願意看到這一點。

其三，在上述背景之下，「我想了多時」顯得別有深意。按照另一位友人巫寧坤後來的解釋──他原本並不知道詳情，對《冬》所存在的不同版本感到奇怪，而一經獲知詳情之後，就從「老朋友」的角度做出了解釋：

> 運燮是穆旦的老朋友，他的意見無疑是出於對老朋友的關心和愛護。當時「四人幫」被揪出不久，政治形勢並不十分明朗，多少人還心有餘悸。運燮素來謹言慎行，何況良錚的「歷史問題」還沒有平反，「太悲觀」的調子不符合「時代精神」，不僅不能發表，沒準兒還會給作者招來新的「言禍」。良錚也是過來人，為了不辜負老朋友的關愛，「想了多時」才做出了改訂。〔註23〕

巫寧坤、杜運燮和穆旦都是交往數十年的老朋友，當時的境遇也是頗多不順，杜運燮當時被下放到山西，巫寧坤的境遇更為糟糕，先後下放到北大荒、安徽等地。因此，有理由相信，「為了不辜負老朋友的關愛」應非隨意性

〔註23〕巫寧坤：《人生本來是一個嚴酷的冬天──穆旦逝世二十週八年祭》，《文匯讀書週報》，2005 年 2 月 25 日。

的斷語，而是基於那一群（代）人特定的歷史遭遇而生發，這道出了穆旦的內心所慮：為了給朋友們以慰藉，避免朋友們為他擔心，身為「過來人」的他最終做出了修改——而詩藝，則不得不被犧牲。

綜合考量之，《冬》的修改行為固然是由穆旦自己做出，卻也確實是加入了友人的意志。如上所列 4 個結句，在詩藝層面，穆旦自認為「更俗氣」；從第 1 章的實際效果看，每 1 節的前 4 行與最末 1 行總不大相貼合，這樣一種局勢，究其根本，應該還是因為「樂趣」與穆旦本人的心境相違背。而這，又從另一個角度彰顯了晚年穆旦寫作境遇的複雜性。

當然，仍然不可忽視的一個問題是，穆旦 1977 年 2 月底逝世，標注為 1976 年 12 月的《冬》確是接近於其生命末期的作品，不過，即如前述關於穆旦晚年詩歌的寫作時間問題的討論所顯示，因為部分作品的寫作時間無法確斷，也就沒有足夠的證據確斷《冬》就是最後的寫作。實際上，家屬或編者對穆旦晚年作品的編排以及對《冬》作為穆旦的絕筆詩的認定也有其歷史過程：在較早出版的《穆旦詩選》之中，所錄 11 首晚年詩作的先後順序有變，而且，編排在最後的作品也非《冬》——之後另有《沉沒》《停電之後》兩詩，可見其時對穆旦晚年詩歌的「全貌」還缺乏足夠的掌握，及到《穆旦詩全集》《穆旦詩文集》等帶有全集性質的作品集中，穆旦晚年詩歌的「全貌」方才得以展現。〔註 24〕但是，綜合來看，即如《智慧之歌》被視為開端之作，《冬》被視為絕筆之作也顯得非常之合理：從《智慧之歌》到《冬》，穆旦晚年的詩歌寫作由此有了一個看起來非常完整的精神譜系：在經歷了漫長的折磨之後，1976 年的穆旦看起來是在不斷地往裏縮——往自己的內心、往「死亡之宮」〔註 25〕收縮，最終都落到了「人生本來是一個嚴酷的冬天」的噓歎之中：從《智慧之歌》到《冬》，穆旦寫下了數曲哀傷而淒厲的生命輓歌，其中彌散著一股冷徹的寒意，一股揮之不去的死亡氣息。

〔註 24〕 在最新出版的、「收錄了穆旦現行於世的所有詩歌作品」的《穆旦詩集》（人民文學出版社 2019 年版）中，《冬》被編排在全部詩歌的倒數第二首，最末一首為《歌手》，但該詩未注明任何寫作或發表的信息。按：《歌手》出現在 1977 年 1 月 12 日穆旦致郭保衛的信中，同時抄錄的還有《演出》一詩，抄送時未注明寫作時間，因此，《歌手》是否新寫亦不可知；但若是新寫，確應編排在最末位置。

〔註 25〕 語出穆旦本年所作詩歌《沉沒》：「愛憎、情誼、蛛網的勞作，／都曾使我堅強地生活於其中，／而這一切只搭造了死亡之宮」。

大致結論與拓展看法

如上所述，在整體上是基於本人已經完成的《穆旦詩編年匯校》的一部分。因為各種原因，中國現當代文學作品存在著紛繁複雜的版本狀況，運用文獻學方法加以重新校理已是學界之共識，「從文獻學的『校注』到批評性的『校讀』」也被認為是一條有效的研究路徑。〔註26〕穆旦是一位勤於修改的詩人，如前所述，其早年詩歌版本的複雜狀況遠甚於晚年寫作。但其晚年寫作，由於穆旦本人的意志曖昧不明，也就有了特別的話題意義。綜合視之，對於穆旦晚年詩歌的規整，如下幾方面有著特殊的難度。

其一，作品的繫年。繫年作為中國文學研究的一個重要的傳統方法，所強調的是作家寫作與外在社會事件之間的內在關聯，通過寫作，既可見出作者的心志，也可見出時代的風貌。對穆旦作品整理者而言，在清理這些晚年遺稿並為之繫年的時候，需要考量各種因素，自是有其難度與困境；對研究者而言，作品的編輯內幕難以察知，又還要面對相關作品繫年的不明所以的異動，這無疑也是不小的困擾。

家屬回憶指出，在動手術之前，穆旦表示已將《歐根·奧涅金》等譯著「弄完了」，並且將譯稿「整整齊齊」地放在「一隻帆布小提箱」裏〔註27〕，給人一種一切都安頓好的感覺。但也有學者通過對《歐根·奧涅金》譯稿的細緻分析，認為「譯著前半部分和後半部分出現兩種不同的風格」，是「突發的心臟病」使得穆旦中斷了翻譯工作。〔註28〕對於穆旦當時的詩歌寫作亦可同等觀之。穆旦因心臟病發作而倒在手術臺之上，斷然不會將晚年寫作打理得井然有序——不會將一切都安頓好了而走向那不可知的死亡——對於死亡，穆旦儘管有所預感，並且在給杜運燮、巫寧坤、江瑞熙等老友的信中多有談及，但又如何能或者說如何願意斷定那手術臺就是自己的死地呢！

綜合上述討論來看，在大多數情況之下，穆旦晚年的詩歌寫作及其修改是由其本人獨自完成的，是一種個人行為，但也確有少數作品受到了友人的勸誡和時代語境的激發，而在日後的實際編輯過程之中，又明確包含了

〔註26〕解志熙：《老問題與新方法——從文獻學的「校注」到批評性的「校讀」》，《考文敘事錄——中國現代文學文獻校讀論叢》，北京：中華書局，2009年。

〔註27〕參見英明瑗平：《憶父親》，杜運燮等編：《一個民族已經起來》，南京：江蘇人民出版社，1987年，第136頁。

〔註28〕劍平：《查良錚先生的詩歌翻譯藝術——紀念查良錚先生逝世三十週年》，《國外文學》，2007年第1期。

編者的主觀意圖，因此，在相當程度上，目前所見穆旦晚年寫作圖景乃是個人寫作、時代語境和編者意願共同融合的一種奇妙混合物。儘管從常理判斷，作品寫作時間既有複雜性，將可以確定時間的作品分為一組，將不能完全確定時間的作品另分為一組，也不失為一種編法；但也不能不說，目前所見穆旦晚年詩歌的編排符合晚年穆旦的人生境遇與寫作風格，確有其獨特的合理性。

其二，作品集的版本原則問題。《穆旦詩文集》有過說明：「許多作品，是在作者辭世多年後由家屬、友人所提供，此類背景凡能確定者，也在注釋中予以說明。」「詩人晚期的創作」「文字校勘相當困難」，「因此，收入詩文集的這類創作，文本儘量以詩人手稿、包括修改稿為依據。」〔註29〕以此來看，編者的整理與校勘工作包括背景說明和底本確定兩個方面。

所謂說明文字終歸是一種輔助性信息，此處不再贅述。底本方面，「儘量」一詞顯得曖昧不明。所錄《冬》詩表明，「修改稿」確已被採信；但在其他情形之下，此一原則並未完全貫徹：書信版《停電之後》《黑筆桿頌》《演出》等詩，儘管相關異文的重要性程度不同，但看起來均可說是改定版，也都沒有得到編者的採信。這些都是有待進一步改善的。

其三，匯校方面的問題。凡匯校，均需確定底本。上文旨在更好地展現穆旦詩歌版本的複雜性，實際討論選取了手稿本、書信本、初刊本或通行本等不同版本。在具體匯校之中，我個人還是傾向於首先考慮手稿，凡能找到完整的手稿的均以手稿為底本；其餘則只能以通行本為底本。問題在於，筆者目前無法獲取穆旦晚年詩歌的完整手稿。這對穆旦詩歌的版本狀況雖不致產生決定性的影響，但終究是有不夠完善之處。研究者總會受到各種因素的限制，這也可說是一例吧。從目前的情況來觀察，穆旦手稿可區格為家屬所存和友人所存兩種。前者是穆旦詩文集編訂的重要依據，實際數量應較大；後者包括楊苡、杜運燮等人所存手稿——儘管所見有限，但仍可發現其中多有異文。同時，以上述匯校視域觀之，那些直接由手稿入集的詩作，之前曾討論過《神的變形》可能存在的狀況，其他的作品，那首已在小範圍流傳但至今尚未入集的敘事長詩《父與女》，已知手稿和打印稿至少在個別字詞方面存在著異文；至於《城市的街心》《詩》《聽說我老了》《秋（斷章）》《「我」的

〔註29〕穆旦：《穆旦詩文集・2》（第3版），第424～425頁。

形成》《問》《愛情》《神的變形》等 7 首，手稿和正式出版稿之間是否存在異文，其實也是可待進一步考察的。

還可以適當拓展來看，按照目前的中國當代文學史理念，穆旦晚年詩作均可歸入「潛在寫作」的範疇之中，被認為是「潛在寫作」的重要作家。〔註30〕「潛在寫作」作品的寫作時間、版本認定等方面的問題，一度引起了學術爭議。從相關文獻的整理來看，自 10 卷本「潛在寫作文叢」（2006 年）之後，似未見新的、大的動向，但這並不意味著關於「潛在寫作」的文獻輯錄與歷史建構工作已經完成。實際上，仔細辨析 10 卷文叢，各卷對於所錄作品寫作時間問題的處理並不盡相同——嚴格說來，在某些方面存在著相互牴牾之處。〔註31〕也正是因為對於文獻資料的不同立場，最終導致這套文叢的編選水平參差不齊。〔註32〕晚年穆旦的詩歌不在此列，但其中的複雜景狀無疑也有助於對此一現象的認識。

換個角度說，忽視作品的寫作時間，在某種程度上也可說是放棄對於藝術辨識能力的苛求，即對於不同時代詩歌寫作的藝術特點缺乏更細微的辨析。就人物境遇及作品的相關主題意緒而言，與現今被討論的多數「潛在寫作者」不同的是，穆旦沒能活過那個漫長而「嚴酷的冬天」，更別說迎來新時期的曙光了，其個人寫作與時代語境之間可謂別有關聯：儘管也有《黑筆桿頌》一類明確針對現實問題的寫作，但從《智慧之歌》到《停電之後》《神的變形》再到《冬》，這樣一條寫作路線並未製造出一種個人與時代相對抗

〔註30〕參見陳思和：《試論當代文學史（1949～1976）的「潛在寫作」》，《文學評論》，1999 年第 6 期；劉志榮：《潛在寫作 1949～1976》，上海：復旦大學出版社，2007 年。

〔註31〕「潛在寫作文叢」主編陳思和教授在《總序》中將「靠記憶來保存潛在寫作」視為一種「最為經典的形式」。但李潤霞在所編 3 卷的「編選體例和編選原則」中，明確談到「回憶性創作」不在收錄之列，並且指出：「『版本不一』的問題，這是在研究潛在寫作時最值得警惕之處」，「只選可以確證創作年代的作品，只要有存疑的作品皆不收入」，「盡可能以最充分的依據，找到離創作真實最接近、最原始的版本，這樣才能恢復歷史本來面目，才能切實為潛在寫作在文學史上的意義和價值做出定位。」見李潤霞：《編者序：亦詩亦史——關於「文革」時期的潛在寫作》，食指等著、李潤霞編選：《被放逐的詩神》，武漢：武漢出版社，2006 年，第 9～17 頁。

〔註32〕有的選本甚至出現了將作者當年公開發表的作品收入正文部分的現象，比如張中曉《無夢樓隨筆》的正文部分收入了 4 篇當年在《文匯報》《文藝月報》等處發表的作品。這顯然不符合「潛在寫作」的理念。

的話語，卻是以其生命輓歌而有著獨特的聲線——在穆旦這一個案之中，「潛在寫作」乃是一種分散的、隱秘的、個體化的寫作行為，「公開」渠道雖被隔斷，但與其說個人與歷史之間的糾葛被降低，倒不如說變得更為隱秘，更加複雜化。

再往下看，這種獨特的聲音與新時期之後成功「歸來」或「復出」、並且或長或短地延續了其寫作生涯的作家群也形成了截然的差別。令人驚訝的是，不少選本和論著都將穆旦列入「歸來者」詩群。最典型的選本如《魚化石或懸崖邊的樹——歸來者詩卷》（1993 年），作為「當代詩歌潮流回顧寫作藝術鑒賞叢書」之一種〔註33〕，選入包括《智慧之歌》《春》《友誼》《冬》《停電之後》等在內的 11 首詩作，也即 1986 年版《穆旦詩選》所錄穆旦晚年詩作，相關討論也不在少數，這不能不說是對於晚年穆旦的一種最大的誤解。

所謂「歸來」或「復出」是中國當代文學史敘寫中的一個重要概念，按照文學史家洪子誠先生的說法，儘管學界對這一概念有著不同的認定，但「大多認可下面的這種說法：指在『文革』發生以前（特別是 50 年代）就受到各種打擊而停止寫作和發表作品的那一部分」。時隔二十多年之後重新出現，「在一個相對集中的時間裏（大約是 1978 到 80 年代初），他們紛紛把自己生活道路的坎坷和獲取的感受，投射到『歸來』之後的詩篇中。最初的創作，普遍帶有某種『自敘傳』的性質：把個體的『復出』，與『新時期』的到來聯繫在一起。他們把這種『復出』，看做是原有生活、藝術位置的『歸來』：從被『遺棄』到回歸文化秩序的中心」。〔註34〕以此衡量，無論是作品的主題意緒，還是實際的寫作時間以及作者的生命狀態，晚年穆旦都沒有打上「新時期」或者「歸來」的烙印，未來社會並沒有出現在穆旦的詩學視域之中——穆旦同時代人鄭敏所做出的觀察是至為準確的：「他並沒有走近未來，未來對於他將永遠是迷人的『黑暗』」。〔註35〕

〔註33〕謝冕編選：《魚化石或懸崖邊的樹——歸來者詩卷》，北京：北京師範大學出版社，1993 年。

〔註34〕洪子誠、劉登翰：《中國當代新詩史（修訂版）》，北京：北京大學出版社，2005 年，第 129 頁以下。

〔註35〕鄭敏：《詩人與矛盾》，杜運燮等編：《一個民族已經起來》，南京：江蘇人民出版社，1987 年，第 31 頁。

第二輯

　　現代作家在寫作的歷程之中總會遭遇傳統方面的話題。

　　本輯兩篇，一篇是慣常的角度，即個人寫作與古典文學傳統，大致也屬於「傳統與個人才能」的話題範疇。對於在「五四」後成長起來的穆旦而言，隨著時代生活的新變，個人成長的總體背景的潛移，古典文學資源之於寫作的效應不再是直接的施予，而是沉潛為某種精神性的背景。這應和了卞之琳所謂「保持傳統，主要是精神上的問題」的觀點，顯示了中國新詩發展到這一時期，在古典詩學資源傳承命題上的新局勢。

　　另一篇則是著眼於新文學自身的傳統。穆旦與魯迅在寫作行為與精神氣質上有諸多相似之處。兩位寫作者在各種時代因素的激發下形塑了獨特的個人生命圖景，創造出了精深的文學實績。從「魯迅」到「穆旦」，沒有所謂師承關係，也較少文字層面的直接指涉，而是一種精神或心靈的遇合，由此可見以魯迅文學遺產為核心的新文學傳統已經內化為寫作者的精神資源，這無疑即是新文學傳統的核心價值與精神魅力所在。

「保持傳統，主要是精神上的問題」
——從穆旦寫作看中國古典詩學資源傳承的新局勢

　　20 世紀 40 年代嶄露頭角，50 年代隱失，80 年代被重新發現，90 年代獲得文學史的高位和廣泛的詩名，之後則是讚譽與質疑並存、學理化研究持續推進的局面，放眼中國現代文學史，詩人穆旦生前身後的這般起伏遭遇，在不少寫作者那裡也同樣存在，只是深淺程度不同而已。這類現象可謂文化語境不斷蛻變以及中國現代文學研究轉型和縱深發展的重要表徵。從文學史機制的角度看，對於這等曾經被遮蔽的對象所進行的再發現式研究，自然是得益於時代語境的激發，但往往蘊含了某些極具策略意味的因素，即著力凸顯某些因素，而有意無意地遮蔽另一些因素。

　　簡言之，1990 年代中期，在尚不被廣為人知的情形之下，穆旦被推上了新詩第一人的位置。〔註1〕對一般讀者而言，這完全是一次突發事件，但從 1980 年代中後期開始的以現代性為主導的現代文學研究語境來看，這又可說是一個合乎情理的發展結果，是現代性思維的一次誇張的展現。王佐良在 1940 年代提出的穆旦「最好的品質卻全然是非中國的」〔註2〕一類觀點被反覆援引。中國古典詩學資源之於穆旦寫作的效應一類命題則被擱置，被排除

〔註1〕張同道、戴定南主編：《20 世紀中國文學大師文庫·詩歌卷》，海口：海南出版社，1994 年。

〔註2〕王佐良：《一個中國新詩人》，《文學雜誌》第 2 卷第 2 期，1947 年 7 月。按：下文所引王佐良文字除特別說明外，均出自於此。

在文學史視域之外。

但從近年來現代文學研究的局勢來看,對於「現代性」的反思已逐漸深入,傳統詩學資源及其效應已然得到更多的認可。接踵而至的是,如何梳爬那些在再發現式研究之中被遮蔽的因素,協調其與那些曾被極力凸顯的因素之間的關係,並進一步釐定其文學史價值意義,成為了擺在研究者面前新的文學史難題。縱觀近年來的穆旦研究,對其「非中國化」的批評與反思已構成了文學史重新書寫的重要內容,但穆旦如何吸納古典詩學資源,又以何種形式展現,這一展現本身是否具有新的代際特點,從這些特點之中如何達成新的文學史認知,這些命題都還有待進一步的辯詰。

「新」與「舊」:歷史的糾葛

穆旦研究之中一類始終不大被人注意的問題是:與此前詩人不同的是,在穆旦這一代人這裡,成長背景已逐漸被置換,「傳統」教育問題日趨突出;而時代語境——特別是在新與舊、個人與傳統等命題的認識上,也呈現出了新的特點。所謂「穆旦一代」大致指出生於 1910～20 年代之交,20 年代中段開始小學教育,20 年代末期～30 年代前期開始中學教育,30 年代中後期開始進入大學。穆旦本人的境況即是:小學(1924～1929)→中學(1929～1935)→大學(1935～1940)。

先來看看這代人的成長背景。1929 年,教育部頒布了新的中小學課程《暫行標準》。其中,語文科目標培養發生了重要變化:首先,確認初、高中「都以提高用語體文來敘事說理、表情達意的能力為主要目的;至於文言文作文的能力,不作普通要求,只依學生的資性及興趣,酌情予以培養」;其次,「把『語言』能力(即口語表達能力)的訓練、培養和提高,首次明確列入了中學語文科的教學目的」;再次,「在閱讀方面提出了『瞭解平易的文言書報』和『養成閱讀書報的習慣』的要求,把範圍從 1923 年《綱要》的拘囿於『古書』擴大到一般書報,重心移到了實用方面,而且把目標從過去侷限於『能力』發展到『養成習慣』,注意了學生智慧的培養」。〔註3〕若進一步查閱南開中學資料,可發現,其「教育之要旨及實驗之趨向」在於「造成具有『現代能力』之青年,使負建設新中國之責任」;「在學校中造成

〔註3〕李杏保、顧黃初:《中國現代語文教育史》,成都:四川教育出版社,1997 年,第 161～172 頁。

環境，使學生多得『開闊經驗』的鍛鍊，以養成其『現代能力』」。國文科「教學旨趣」也是旨在培養學生「明瞭歷史背景察識現代趨勢」的能力，國文教材也選用了梁啟超、胡適、馬君武、魯迅、周作人、蔡元培、朱自清、郁達夫、冰心、俞平伯等當時作家作品。〔註4〕可以說，南開中學的小環境與時代大環境在總體上是一致的。

培養目標發生新變，成長背景被置換，對於那些運用語言的寫作者而言，其成長圖景無疑也會呈現出新的態勢。檢視 1930～40 年代的語文教育界，大、中學生的「國文程度」可謂一個持續被關注的焦點，「搶救國文」運動乃是一個時代性的大命題。〔註5〕站在後設立場上，並不難理解討論背後的一個具有時代意味的邏輯，即「國文」高於「白話文」（語體文）。國文需要「搶救」一類問題的提出有其時代必然性：並不在於新興的語文教育有無積極效果，而在於一個具有漫長歷史的語言傳統勢必會有意無意地壓制一個新興的語言形式。因此，語言、文學教育方面的這樣一種制度化設計，勢必會將穆旦一代推向一種尷尬的境遇之中。

再來看看時代語境。在經歷了五四時期的詩體大解放以及李金髮式現代主義詩歌的探索之後，在新詩自身藝術精神的尋求、「白話」與「詩的藝術和原理」〔註6〕、「新」與「舊」等方面，詩歌界和評論界顯然已有了更為包容或多元的看法。戴望舒、卞之琳等人寫作顯示了西方詩學資源與傳統詩學資源的化用與融合之勢，其詩歌中那些現代主義觀念如「晦澀」，「西方外殼底下其實都包含著中國式的含蓄的內核」。〔註7〕李健吾、葉公超等人的討論則表明，「新」與「舊」話題在當時平津詩壇有著不無熱烈的討論。李健吾將「舊詩人」與「新詩人」並舉，著意標榜新舊兩派詩人之間的「不瞭解」，並將卞之琳、何其芳、李廣田等「少數的前線詩人」推向更「新」的位置，他們對於詩壇「已成的規模」形成了新的衝擊，「新與舊的適應」

〔註4〕天津市南開中學編：《天津市南開中學》，北京：人民教育出版社，1998 年，第 105～115 頁；閆蘋、段建宏主編：《中國現代中學語文教材研究》，北京：文心出版社，2007 年，第 118～126 頁。
〔註5〕李杏保、顧黃初：《中國現代語文教育史》，成都：四川教育出版社，1997 年，第 238～252 頁。
〔註6〕語出梁實秋：《新詩的格調及其他》，《詩刊》創刊號，1931 年 1 月。
〔註7〕參見李怡：《論穆旦與中國新詩的現代特徵》，《文學評論》，1997 年第 5 期。

成為了問題。〔註8〕而在曾授意學生卞之琳和趙蘿蕤翻譯艾略特詩文、且後來成為穆旦老師的葉公超看來,「新詩人」如何以一種積極開放而非敵視的心態看取傳統的和當下的舊詩,並將其轉化為新詩寫作的資源;如何達成「新與舊的適應」,「使以往的一切又非從新配合一次不可」,已是一個重要的詩學命題。文章大段引述艾略特《傳統與個人才能》中關於「新與舊的適應」的觀點,「詩人,任何藝術的藝術家,誰也不能單獨的具有他完全的意義。他的重要以及我們對他的賞鑒就是我們對他與以往詩人及藝術家的關係的賞鑒」;「一種新藝術作品之產生同時就是以前所有一切的藝術作品之變態的復生」,「新的(真的新的)作品」一經出現,「每件藝術品對於全體的關係、比例和價值又經過一番配合了;這就是新與舊的適應」。要達成這種適應,新詩人要「認清新詩與舊詩的根本差別」主要在於「語言」和「節奏」;要認清「格律的意義」;最終則是「必須明瞭他本國的心靈」:

> 我們最後的希望還是要在以往整個中國詩之外加上一點我們這個時代的聲音,使以往的一切又非從新配合一次不可。假使文學裏也要有一個真正民族主義,這就是。詩人必須深刻的感覺以往主要的潮流,必須明瞭他本國的心靈。〔註9〕

對於艾略特《傳統與個人才能》之中對於「新與舊的適應」這樣一個「美學的」、而「不僅是歷史的」命題的思考,1930年代平津文壇的詩人和批評家們應該並不陌生,艾略特的詩文在當時即已有不少譯介,其詩學理論已與中國新詩的理論建構發生直接關聯。〔註10〕穆旦是在平津地區成長起來的,在天津完成中學學業,1935年之後進入清華大學外文系,而且,據說穆旦後來在大學課堂上聆聽了英籍教師威廉·燕卜蓀的教導,並從那裡「借到威爾遜(Edmund Wilson)的《愛克斯爾的城堡》和艾略特的文集《聖木》(*The Sacred Wood*),才知道什麼叫現代派,大開眼界,時常一起談論。他特別對艾略特著名文章《傳統與個人才能》有興趣,很推崇裏面表現的思想」。〔註11〕因此,上述「新」與「舊」的歷史糾葛也不妨說是穆旦成長的

〔註8〕 劉西渭:《〈魚目集〉——卞之琳先生作》,《大公報·文藝》,1936年4月12日。

〔註9〕 葉公超:《論新詩》,《文學雜誌》創刊號,1937年5月。

〔註10〕 參見張潔宇:《荒原上的丁香:20世紀30年代北平「前線詩人」研究》,北京:中國人民大學出版社,2003年。

〔註11〕 周玨良:《穆旦的詩和譯詩》,杜運燮等編:《一個民族已經起來》,南京:江蘇人民出版社,1987年,第20頁。

重要背景。對他而言，所置身的中國古典詩學傳統也就並非一個簡單的事實。

一個中國「新詩人」

在上述成長背景和時代語境的合力之下，穆旦成長過程中又有哪些特別值得注意的現象呢？據稱，穆旦幼年時代，先祖藏書仍極受尊重。〔註12〕家族文化應是或顯或微地薰染了穆旦的成長。回憶表明，年幼的穆旦即熟知《三國演義》等名著故事，也曾引領弟弟讀唐詩宋詞或《古文觀止》一類文章，甚至拆解杜牧《清明》詩，用新的節奏念出。〔註13〕高中時代，所作長篇評論《詩經六十篇之文學評鑒》，則是綜合《毛詩大序》和朱熹觀點對「文學何以發生」的命題進行了思考，即「先是有感於中，而後發之於情，把這種感覺寫成文字，表現出來」。

評鑒、拆解等行為，以及從「情感」與「興趣」切入傳統的做法，顯示了穆旦對於傳統有著不無獨特的理解，那穆旦的國文程度到底如何呢？這一點並不能確斷，據說初二時，其詩作在課堂「時時」被作為範文被朗誦出來。〔註14〕高中之後是校刊《南開高中學生》的「臺柱子」之一。從現存穆旦高中時的詩文看，鮮有舊詩詞氣息，「傳統」並未顯形；其語言運用能力，則可說在一般水平線之上。

當然，正如「國文」對於「白話文」的潛在優勢，「白話文」順暢並不能如實反映「國文」的程度。但較多地寫作和發表還是能表明穆旦在主觀意識上對「白話文」的更多認可。實際上，當時所作《事業與努力》對於歐美著名人士言行的較多引述，《亞洲弱小民族及其獨立運動》對於世界性話題的討論，所彰顯的正是一種對於新興的公共知識的興趣。這些知識多半是家族文化教養之外的，可見校園文學教育、當下讀物的閱讀對穆旦心智的

〔註12〕杜運燮：《穆旦著譯的背後》，杜運燮等編：《一個民族已經起來》，南京：江蘇人民出版社，1987年，第110頁。

〔註13〕參見查良鈴：《懷念良錚哥哥》，杜運燮等編：《一個民族已經起來》，南京：江蘇人民出版社，1987年，第145~46頁；查良銳：《憶錚兄》，杜運燮等編：《豐富和豐富的痛苦》，北京：北京師範大學出版社，1997年，第217~219頁。按：對於家世、早年閱讀等方面的情況，也有研究者做出了細緻的辨析，提出了一些不同的看法，參見馮躍華：《「穆旦紀念文集」中的史料問題》，《長沙理工大學學報（社科版）》，2020年第6期。

〔註14〕趙清華：《憶良錚》，杜運燮等編：《豐富和豐富的痛苦》，北京：北京師範大學出版社，1997年，第193頁。

成長施予了重要影響——隨著成長背景的置換，傳統教育逐漸退居次要位置，以白話文為主要形式的新興語文教育佔據了更為重要的位置，書報之中所蘊涵的新興的公共知識更多地進入其視線之中。而穆旦的特殊性還在於，中學畢業之後進入了著名大學的外文系，系統地接受了西方文學的薰染，這無疑會加固中學階段所接受的知識與教育。與此前幾代新詩人相比，這不能不說是一種新的「代際特徵」。

在這一背景之下，中學、大學同學周玨良關於穆旦早年不喜「舊詩詞」的追憶〔註15〕顯得合情合理，且為穆旦大學同學王佐良那篇著名的評論提供了一個註腳：《一個中國新詩人》用一種誇飾的文風特別標舉了穆旦的「新詩人」身份：

> 穆旦的真正的謎卻是：他一方面最善於表達中國智識分子的受折磨而又折磨人的心情，另一方面他的最好的品質卻全然是非中國的……在普遍的單薄之中，他的組織和聯想的豐富有點近乎冒犯別人了……然而他的在這裡的成就也是屬於文字的。現代中國作家所遭遇的困難主要是表達方式的選擇。舊的文體是廢棄了，但是它的詞藻卻逃了過來壓在新的作品之上。穆旦的勝利卻在他對於古代經典的徹底的無知。甚至於他的奇幻也是新式的。那些不靈活的中國字在他的手裏給揉著，操縱著，它們給暴露在新的嚴厲和新的氣候之前。他有許多人家所想不到的排列和組合。

王佐良可說是重複了李健吾的修辭法：「新」與「舊」的對照，「新詩人」對詩壇形成了衝擊。穆旦本人的寫作無疑也會強化這一點。《防空洞裏的抒情詩》《五月》等詩著意將新體詩與舊體詩並置以形成一種反諷詩學效果。《五月》中濫俗的愛情小調，「負心兒郎多情女／荷花池旁訂誓盟」，與《詩八首》也構成了對照，這種對照既是主題學意義上的，也是形式主義意義上的——作為愛情詩，《詩八首》無疑是「新」的寫法，充滿了思辨意味，而有意規避「風花雪月」式的傳統寫作套數。

「風花雪月」作為一個詩學話題，晚年穆旦曾有所談論：「風花雪月」式寫法不能適應於「現代生活」語境，「舊詩」與現代詩學準則相違背。與之相應，奧登的寫作被作為例證：「詩應該寫出『發現底驚喜』」；「在搜求詩

〔註15〕周玨良：《穆旦的詩和譯詩》，杜運燮等編：《一個民族已經起來》，南京：江蘇人民出版社，1987年，第20頁。

的內容時，必須追求自己的生活，看其中有什麼特別尖銳的感覺」。自己早年詩作《還原作用》即有「一種衝破舊套的新表現方式」，「沒有『風花雪月』，不用陳舊的形象或浪漫而模糊的意境來寫它，而是用了『非詩意的』辭句寫成詩」。〔註16〕穆旦對於寫作極少自我闡釋，晚年時舉早年創作實踐為例，並在短時間內反覆闡釋，可見直到晚年，對此仍耿然在心。返觀之，早年穆旦「新的抒情」觀念是依據當時情勢所做出的判斷；《飢餓的中國》對於「時感」的強調，所突出的也是「現在」。而《五月》一類詩歌，如《一個中國新詩人》所評論：「故意地將新的和舊的風格相比，來表示『一切都在脫節之中』，而結果是，有一種猝然，一種剃刀片似的鋒利」；「穆旦之得著一個文字，正由於他棄絕了一個文字。他的風格完全適合他的敏感」。

以艾略特以及葉公超的那種「新與舊」相適應的訓誡來看，儘管王佐良意識到舊詞藻「逃了過來壓在新的作品之上」這樣一種「新」與「舊」的糾葛，但從他著意設置的「新的和舊的風格」的對峙以及對於那種「中國式極為平衡的」、「缺乏大的精神上的起伏」的現實氣候的追詰來看，其誇飾的文風，其將「新」認定為一種與現代社會相適應的價值，應是包含了自身作為新一代詩人所隸屬的那樣一種急峻的歷史意識——換言之，王佐良的此類表述應是包含了某種歷史策略性，在新詩尚未有效地確立自身傳統的時刻，惟有「新」才能彰顯他們那一代人獨特的歷史處境。穆旦就是那個時代最「新」的詩人！穆旦的「勝利」正在於對「舊」（古代經典）的「徹底的無知」！

也正是在這個意義上，將「平衡」（「平庸」）視為一種歷史恥辱的《被圍者》等詩一度得到學界的熱烈推重：「因為我們已經是被圍的一群，／我們翻轉，才有新的土地覺醒。」（《穆旦詩集》，1947 年）詩歌傳達了對於自身歷史境況的省察。「我們翻轉，才有新的土地覺醒」一行初作「我們消失，乃有一片『無人地帶』」（《詩文學》叢刊第 2 輯，1945 年 5 月）——後出的版本亦是如此，這種包含了猶疑意味的修改既憑添了幾分悲壯，又彰顯了個人在發出歷史籲求時的複雜神態：「新的……覺醒」與「消失」／「無人」的相互對峙，暗示了隨著時間的推進，穆旦對於個人處境更為敏感。而「朋友！讓我們自己」這一帶有強烈祈使語氣的籲求則成為了一種悲壯而驕傲的歷史聲音。

〔註16〕穆旦：《致郭保衛》（1975 年 9 月 6 日）（1975 年 9 月 19 日），見《穆旦詩文集·2》（第 3 版），第 213 頁，第 219 頁。

　　檢視新詩史，對新的歷史情勢進行積極體認並使之成為一個詩學命題，從新詩發生之初就被胡適等人激發而出。〔註17〕穆旦一代可謂重蹈了先行者的足跡，分享了類似的歷史衝動。隨著籲求所勃發的，是一股推動新詩發展的新鮮活力——在「新」與「舊」的糾葛中，「新」詩獲得了別有意味的歷史動力。

中國知識分子的質詢與「非中國化」的表達

　　在中國現代文學研究語境之中，被肯定的穆旦更多的就是這樣一副「非中國化」的面孔，但相關討論基本上是一個單向度的命題，時代語境的新特點、穆旦一代人所隸屬的那樣一種急峻的歷史意識等命題，基本上被棄之不顧。因此，如何以多向度的視角來看取這位明顯具有「非中國化」特徵的詩人的寫作，進一步探究其「非中國化」品質與其他品質之間的關聯，還有待繼續協商。

　　先來從一個比較普泛的層面來看取。已有研究在細讀《詩八首》之後認為它在詞彙施用（包括修改）上「斤斤計較、字字必爭」，有著「精緻的打磨、鍛鍊的工夫」，體現了「以認真到近乎癡的努力」來寫作的「中國古典藝術精神」〔註18〕；其結構與杜甫《秋興八首》有著精妙的應和，套用葉嘉瑩的評法，《詩八首》「正是《秋興八首》那樣的『自一本化為萬殊，而萬殊又復歸一本』的優秀之作」。詩歌還「極隱秘而巧妙地暗藏著中西方文化的巨大背景」。西方背景主要體現在「詩歌生成法則」和「極為濃重的基督教神學背景」；中國背景體現在對「以老子為代表的中國傳統文化」的巧妙引入，「詩人從一個人人都經歷過或將要經歷的小小愛情事件中，在全詩結尾處突然而又自然地把它提升到對芸芸萬物、東西天下的觀照，在全詩閉合之時升騰起博大無邊的玄思」。後一層面關聯起王佐良「穆旦的勝利卻在他對於古代經典的徹底的無知」的觀點：「這就是穆旦巧妙過人之處……這正『徹底』映照出穆旦的優秀——對於中國傳統以及西方文化巧妙的吸收

〔註17〕姜濤曾比較當時胡適與學衡派之間的詩學論爭，認為胡適們體現了「新詩歷史衝動的向度」，而學衡派的批評顯示了「對『新詩』背後的歷史主義傾向的抗拒」，見《「新詩集」與中國新詩的發生》，北京：北京大學出版社，2005年，第184～192頁。

〔註18〕王毅：《幾位現代中國詩人的文學史意義》，《中國現代文學研究叢刊》，2001年第2期。

和借用」。〔註19〕從著意規避傳統愛情詩「風花雪月」色調、更符合現代詩特徵的《詩八首》中引出古典詩學資源的話題著實出人意表，它標示了一個事實：像穆旦這樣的更年輕一代現代新詩人，即便是著意規避，「傳統」還是不時流現而出。

前述王佐良的議題引起爭議，但略加辨析即可發現，「最好的品質卻全然是非中國的」還有一個前提：「最善於表達中國知識分子的受折磨而又折磨人的心情」。這一命題看似複雜，實際上可以簡化為：穆旦最善於表達中國知識分子的心情或中國的現實，但他有意用一種「非中國化」的方式表達出來。

綜合穆旦各時期的寫作與相關資料來看，穆旦筆下傳統知識分子形象的浮現，有兩位非常突出，一位是陶淵明，一位是杜甫。如此重要的人物，何以在穆旦研究之中會被忽視？資料遮蔽是一個重要原因，實際上，杜、陶等人的作品被列入南開中學語文教材之中，是穆旦早期閱讀的對象〔註20〕；但這類資料在穆旦研究中基本上沒有被敘及。而在一些重要人生階段，「陶淵明」「杜甫」也多次浮現，〔註21〕但坊間所傳穆旦自述類文字非常稀缺，所存留下來的基本上只有晚年的書信類文字，這些因素使得相關問題遲遲未能凝結成形。

對中國知識分子而言，杜甫與陶淵明可謂是具有典範意義的人物。杜甫堪稱集中了中國文化傳統裏一些最重要的品質，如仁民愛物、憂國憂民等。陶淵明則是古代知識分子精神上的一個歸宿，「久在樊籠裏，復得返自然」（《歸園田居·五首之一》），但凡仕途失意、人生挫敗的人，往往會回歸到陶淵明，尋求精神的慰藉。也可以說，杜甫和陶淵明代表了古代知識分子的

〔註19〕王毅：《細讀穆旦〈詩八首〉》，《名作欣賞》，1998 年第 2 期。

〔註20〕參見閆蘋、段建宏主編：《中國現代中學語文教材研究》，北京：文心出版社，2007 年，第 120～123 頁。

〔註21〕1950 年代初期穆旦留學美國時，此前與其有較多交往的國民黨將領羅又倫夫婦曾來芝加哥訪問，據說穆旦與他「談得最多的是中外詩歌，並建議他多看些古詩，如陶淵明、李白、杜甫等」。當時羅又倫因打了敗仗情緒不高——正處於人生困厄之際，穆旦的指點則有「對症下藥」的意味。及到 1970 年代初落實政策後，穆旦又常常與友人去文廟舊書店，買下了包括陶淵明、李白、杜甫詩歌在內的大量舊書。參見周與良：《永恆的思念》，杜運燮等編：《豐富和豐富的痛苦》，北京：北京師範大學出版社，1997 年，第 155 頁，第 160～61 頁。

兩種精神路向：儒家的兼濟與道家的逍遙。而這兩者又並非決然分裂，古代知識分子在不同人生階段、不同境遇之中，往往也會實現精神的轉換。陶淵明本人即是例證：辭去彭澤縣令乃是他的人生分水嶺，此前，他束縛於仕途之「樊籠」，生活頗多不順，內心也很是矛盾；此後，隱居躬耕於「自然」之中，怡然自樂，逍遙自在。杜甫呢，雖然一生憂國憂民，生活顛沛流離，多作慷慨悲歌；卻也有「留連戲蝶時時舞，自在嬌鶯恰恰啼」（《江畔獨步尋花七絕句之七》）一類蕭散自然之作，有「人生不相見，動如參與商」（《贈衛八處士》）一類人生虛無的慨歎。

作為詩人，陶淵明與杜甫的寫作非常突出地體現了中國詩歌的特點，葉嘉瑩曾以陶淵明詩歌為例指出：

> 中國真正偉大的詩人，他們是用自己的全部生命去寫詩，用自己的整個一生去實踐他的詩的。這是中國詩的一個很重要的特色。這也是西方人很不容易接受的，他們認為詩歌的文本才是重要的，至於作者的人格品質對於作品的藝術創作是不很重要的。可是中國的詩一定不是如此的，它們從《詩經》開始，就有一個傳統，「情動於中而形於言」（《毛詩·大序》），你內心之中要有真正的感動，你才會通過詩句把它表現出來。所以真正好的詩人……你必須要看他的全部創作，他們的每一首詩都可以相互注釋，相互印證。這就要從他整個的人生和他全部的詩篇來看，才能知道他真正要說的是什麼。〔註22〕

穆旦從《毛詩·大序》中「情動於中而形於言」一類文字延伸出「文學何以發生」的命題。成年之後，他又將自己的寫作立場概括為「心中有物，良心所迫，不得不寫」。〔註23〕可以說，這類理念從整體上規約了穆旦詩歌的精神姿態，其寫作也可說是一種「情動於中而形於言」的寫作。

葉嘉瑩在討論杜甫詩歌時談到遊歷之於中國古代詩人的重要性，「古人所說的『讀萬卷書，行萬里路』與太史公的『周覽天下』是與中國歷史之悠久、地理之廣遠結合在一起的」，遊歷「不但可以開闊你的心胸，而且可以

〔註22〕葉嘉瑩：《葉嘉瑩說陶淵明飲酒及擬古詩》，北京：中華書局，2007年，第50～51頁。

〔註23〕穆旦：《致唐振湘》（1944年11月6日），《穆旦詩文集·2》（第3版），第151頁。

讓你逐漸形成與自己的國家、民族密切結合起來的感情。每一個地方、每一處名勝、每一座山、每一條河，裏邊都結合了千古的興亡」。〔註24〕以當下的知識理念來看，這可視為中國詩歌傳統之中一種獨特的「詩歌地理」，對於詩歌經驗的獲取、詩歌美學的生發有著重要的意義。但隨著現代中國以來的社會轉型，今人所謂旅行與古人所謂「行萬里路」式遊歷已是迥然有別。儘管如此，年輕的穆旦還是獲得了一份獨特的「遊歷經驗」，那就是 1937～1938 年間，抗戰爆發之後，身為清華大學學生的穆旦，在很短的時間之內，先是從北平遷往湖南（具體情形不詳），後又步行遷往昆明（歷時 68 天，行程超過 1600 公里），對於現代中國的苦難現實可謂有了非常切身的感受。從《出發——三千里步行之一》《原野上走路——三千里步行之二》《在寒冷的臘月的夜裏》《中國在哪裏》《小鎮一日》《讚美》等詩來看，這等遷徙經歷已然構成了穆旦寫作之中一種帶有原發意味的經驗資源。別有意味的是，在《出發》等詩中，穆旦「像古代的杜甫李白一樣數述著中國的地名，入微地感受著中國每一個地點複雜而深厚的意義」。〔註25〕

實際上，縱觀 1940 年代穆旦的寫作，精神姿態非常突出，對於土地、祖國始終懷有非常深摯的情感，「他對祖國的讚歌，不是輕飄飄的，而是伴隨著深沉的痛苦的，是『帶血』的歌」。〔註26〕除了上述書寫遷徙經驗的詩篇外，1940 年代中後期的《荒村》《飢餓的中國》等詩篇中，穆旦反覆書寫了對於現實中國的感受，其中多是情感深厚強熾的悲憤之作。若言說穆旦與「杜甫」這類感時憂國的中國詩人之間有著血性關聯，或者說「杜甫」沉潛為穆旦的背景，應並不為過。

具體到寫作，穆旦既對於古典詩歌傳統採取有意規避的姿態，那麼，與其去找尋其與古典詩歌的直接關聯，還不如從其中拎出那些看似不經意之間流現出來的因子——不經意流現出來的與古典傳統的秘密匯合。作於現實環境日趨嚴峻的 1947 年的《他們死去了》即是非常典型的一例。此詩涵蓋了1940 年代穆旦詩歌的一些核心主題，「大眾」「死亡」「遺忘」「上帝無憂」等。但一經將這些主題詞彙剔除，剩下的是一幅別樣的場景：

可憐的人們！他們是死去了，

〔註24〕葉嘉瑩：《葉嘉瑩說杜甫詩》，北京：中華書局，2008 年，第 34～35 頁。
〔註25〕李書磊：《1942：走向民間》，濟南：山東教育出版社，1998 年，第 113 頁。
〔註26〕袁可嘉：《序》，辛笛等：《九葉集》，南京：江蘇人民出版社，1981 年，第 6 頁。

我們卻活著享有現在和春天。

他們躺在蘇醒的泥土下面，茫然的，

毫無感覺，而我們有溫暖的血，

明亮的眼，敏銳的鼻子，和

耳朵聽見上帝在原野上

在樹林和小鳥的喉嚨裏情話綿綿。

死去，在一個緊張的冬天，

像旋風，忽然在牆外停住──

他們再也看不見這樹的美麗，

山的美麗，早晨的美麗，綠色的美麗，和一切

小小的生命，含著甜蜜的安寧，

到處茁生；而可憐的他們是死去了，

等不及投進上帝的痛切的孤獨。

呵聽！呵看！坐在窗前，

鳥飛，雲流，和煦的風吹拂，

夢著夢，迎接自己的誕生在每一個

清晨，日斜，和輕輕掠過的黃昏──

這一切是屬於上帝的；但可憐

他們是為無憂的上帝死去了，

他們死在那被遺忘的腐爛之中。

　　下劃線標記的是一幅幅充滿自然情態、親昵可感的場景──中國古典詩歌中最慣常的情境：世間萬物，一片安寧→時光（時序）在不知覺中流徙、更迭（「輕輕掠過」）→人生如夢（「夢著夢」）──夢中有夢，或者，一個夢接著一個夢）。「茁生」「鳥飛」「雲流」「日斜」一類簡約的詞彙，更加強化了場景的生發。這樣的場景，其想像性遠遠大大現實性，與「可憐他們死去了」這一憤慨主題形成了微妙的對峙：與《五月》著意追求反諷效果的寫法相反，在這裡，古典詩歌血脈就在不經意間流現而出，詩歌生成了它的補償機制，一種虛擬而充滿自然情趣的場景補償了現實的缺失（「死亡」即是最大的缺失）。以虛擬想像之境來縫合現實，這恰恰是中國古典詩歌的一個基本法則。

　　再看看詩歌主題。「他們死去了」，對中國知識分子而言，這是一種不可迴避的現實。作為知識分子，必須表達民生疾苦，屈原《離騷》有句：「長太息以掩涕兮，哀民生之多艱」。杜甫《自京赴奉先縣詠懷五百字》中也有：「朱門酒肉臭，路有凍死骨。榮枯咫尺異，惆悵難再述。」在漢語語境之中，此種情感是最知識分子化的，此種表達則是最中國化的。穆旦目睹了苦難中國的現實並且懷著悲憤的心情寫下感慨：「可憐的人們！他們是死去了，／我們卻活著享有現在和春天。」這是一種非常典型的中國知識分子的心情，現實真是令人「惆悵難再述」啊！藉此，穆旦將自己的形象嵌入了感時憂國的中國知識分子形象譜系當中。

　　但另一個現象也非常觸目，即隨著詩行推進，穆旦顯然漸漸背離了「中國」的道路──融入了從根本上說是「非中國化」的因子：「可憐的他們是死去了，／等不及投進上帝的痛切的孤獨。」「他們死去了」，是因為上帝「無憂」，上帝沒有給予關切。穆旦寫作之中，「上帝」（信仰命題）其實多有浮現，他熱切地希望「上帝」拯救處於「不幸」之中的民眾，情感固然非常強熾，憂切固然非常深重，卻大大地背離了中國的傳統。

　　王佐良稱穆旦「在別的中國詩人是模糊而像羽毛般輕的地方，他確實，而且幾乎是拍著桌子說話」。這樣一個「拍著桌子說話」的穆旦並不做抽象說教，其視線緊緊地貼附於荒涼、頹敗的中國現實，筆端鋪展開來的就是近在身旁的現實景象，那深摯而沉痛的、中國知識分子式的質詢也是基於慘烈的現實。這樣一種強烈的精神痛苦在詩歌之中反覆浮現、糾結，寫作行為本身無疑即是一種「受折磨」（自我折磨）；而這對於那些習慣於線性思維、固定意象的讀者而言，無疑也是一種「折磨」，所謂「在普遍的單薄之中，他的組織和聯想的豐富有點近乎冒犯別人了」。套用穆旦當時評介臺・路易士詩歌的一個觀點則是，「新鮮如露珠，有一種力量，使讀者永遠受著它們的折磨。這是用熟見的死的形象無論如何所不能達到的效果」。〔註27〕

　　至此，所謂「最善於表達中國知識分子的受折磨而又折磨人的心情」的命題可以得到相當程度的釋解，穆旦「最善於」表達中國知識分子心情或者中國現實──在現代中國的語境之中，所謂「最」可理解為一種修辭，而未必是一種最高級別的必然事實；但穆旦著意用一種「非中國化」方式表達出來：他的提問方式乃至問題本身，看起來確是大大地背離漢語的表達方式與

〔註27〕穆旦：《對死的密語・譯後記》，《文學報》，第 3 期，1942 年 7 月 5 日。

思維方式。

成長背景被置換，新興教育佔據更為核心的位置；及到成年期，對於「風花雪月」式傳統又在理智層面極力規避，穆旦寫作可謂必然帶有如此明顯的「非中國化」特徵。但看起來，時代語境之中關於「新」與「舊」的協商、「傳統」之於寫作者的歷史效力等因素也構成了某種潛在的力量，為穆旦的寫作提供了經驗資源，暗中修正著穆旦的寫作。換言之，儘管穆旦寫作的「非中國化」姿態看起來非常之明顯，但「非中國化」與「中國品質」〔註28〕之間仍具有某種相互激發的局面。

古典血液的復活與藝術化人生的追尋

葉嘉瑩在研究杜甫時，反覆強調應以「整個的人生和他全部的詩篇」來看待一個中國詩人的寫作，那麼，也不妨再往下看看穆旦晚年的寫作。

晚年穆旦詩歌的形式感雖未臻完美，但確是有著意向古典詩學傳統皈依之勢，這是目前學界的基本看法。套用杜甫的說法，這也不妨說是「晚節漸於詩律細」（《遣悶呈路十九曹長》）。但從情感形態、主題呈示來看，古典詩學資源的傳承依然並非一目了然。

與早年不同的是，穆旦此一時期的一批書信得以存留，藉助較多的自述，穆旦的心理狀態、人生故事得到了更為具體的呈現。不難發現，晚年穆旦遭遇到了精神與肉體的雙重折磨：政治壓制本已長達十數年，內心異常抑鬱；1976年初又騎自行車摔傷，肉體也遭遇了難以忍受的疼痛。這一創傷源自給遠在內蒙古當知青的兒子打聽回城的消息，也與現實政治有著緊密關聯，其中透現著一種強烈的現實之痛──更不用說這一場未能及時醫治的病痛最終過早地奪去他的生命。

「真彷彿心靈有知似的」，穆旦騎車摔傷之後，中學同學董言聲來信（1976年1月25日）問及了當年中學英文課上李堯林先生教過的杜甫的一首詩、辜鴻銘英譯的《贈衛八處士》：

　　　人生不相見，動如參與商。

　　　今夕復何夕，共此燈燭光。

　　　少壯能幾時？鬢髮各已蒼！

〔註28〕語出王佐良：《新詩中的現代主義──一個回顧》，《文藝研究》，1983年第4
　　　期。

訪舊半為鬼〔註29〕，驚呼熱中腸。

從某種意義上說，董言聲之於穆旦恰如衛八之於杜甫：衛八是杜甫少年時代的友人，杜甫作此詩時正是遭貶之際，與舊友會面激發了一種人生離多聚少、世事滄桑的感歎；禁受了下放與勞動改造之苦的穆旦，也正處於人生之低谷，也被青少年時代友人音訊阻隔多年之後的會面及聯絡所深深擊痛，油然而生一種「人生就暮之感」。有意味的是，稍後再與董言聲談及腿傷之事時，話題有了新的動向，「我奇怪的是，人在年青時，就感慨人生無常，咱們十七八歲喜讀它，現在添上四十多年經歷，更該如何深有感觸吧！」經由「人生無常」，話題過渡到了陶淵明，隨信還抄錄了陶淵明「幾首人生無常的詩」。〔註30〕很顯然，深陷於人生困厄之局的穆旦渴望尋求一種精神的慰藉——精神上的訴求也改變了穆旦對於舊詩的看法：先前聲稱舊詩「太陳舊」，不愛讀，現在呢，一再地聲稱在讀舊詩，「很愛陶潛的人生無常之歎」，隨信還抄錄了陶淵明《歸園田居·二》：「我麻日已長，我土日已廣，常恐霜霰至，零落同草莽。」〔註31〕

需注意的是，和先前在較短時間內頻密地討論「舊詩—奧登」一樣，關於「贈衛八處士」與「歸園田居」的話題，在腿傷之後數月裏所出現的密度也是相當之大的。但話題已潛移，問題旨向也有重要的變化：「風花雪月」已成為「比較永久的題材」〔註32〕；而「舊詩」也激發了一種矛盾與懷疑的心理：

> 總的說來，我寫的東西，自己覺得不夠詩意。即傳統的詩意很少，這在自己心中有時產生了懷疑。有時覺得抽象而枯燥；有時又覺得這正是我所要的：要排除傳統的陳詞濫調和模糊不清的浪漫詩意，給詩以 hard and clear front，這些話也是老話，不說你（按：指杜運燮）也知道了。不過最近考慮詩的問題，又想了一

〔註29〕「訪舊半為鬼」乃是晚年穆旦的一種切身經驗，蕭珊、王遜、董庶等舊友的過早辭世令他頗多感慨。

〔註30〕穆旦：《致董言聲》（1976 年 3 月 17 日），《穆旦詩文集·2》（第 3 版），第 193～194 頁。

〔註31〕穆旦：《致孫志鳴》（1976 年 3 月 31 日），《穆旦詩文集·2》（第 3 版），第 264 頁。

〔註32〕穆旦：《致郭保衛》（1976 年 11 月 7 日），《穆旦詩文集·2》（第 3 版），第 244 頁。

遍罷了。〔註33〕

「又想了一遍」表明晚年穆旦對於「詩的問題」進行了較多思考。這與其說是穆旦對於「風花雪月」與「舊詩」的看法變動不定，倒不如說是現實境遇與寫作實踐修正了先前的文學觀念。「風花雪月」與「現代生活」相牴觸以及不喜好舊詩的話題出現之時，「1976 年」尚未到來，穆旦尚未遭遇肉體創傷，寫作「高潮」也尚未迸發——而恰恰是肉體的創傷最終誘發了穆旦的寫作。這樣一來，一個不大被注意的事實是，隨著現實境遇的惡化，新的寫作圖景的展開，固有觀念也逐漸得到修正。也即，對於「舊詩—奧登」的討論可視為穆旦的基本觀點，「贈衛八處士」與「歸園田居」則是穆旦在閱讀舊詩時所獲得的新的東西。這種獲得顯然與時代語境本身的激發以及個人境遇的惡化有著直接關聯——從美國留學歸來之後一連串受難經歷使得穆旦更加清醒地察知到了殘酷的時代語境之下個體生命的糟糕境遇，「贈衛八處士」與「歸園田居」成為了穆旦此一時段內心圖景的真切浮現。

順著前述思路來看也別有意味：從 1940 年代到 1970 年代的穆旦，其血性關聯並未斷裂，只是人生「疲倦」，終到盡頭——在經歷了漫長的精神和肉體的雙重磨難之後，穆旦個人的精神世界最終發生了重要轉變：轉變為對於「陶淵明」的熱切認可——晚年穆旦所明確體認的「杜甫」，也是一個在社會大亂未定的時代，處於人生困厄時期、感歎人生無常、與「陶淵明」相重疊的「杜甫」。

對於艱難世事，穆旦似乎再也無力像年輕時代那般渲泄憂憤悲慨的情感，而不得不回到脆弱的內心世界——陶淵明寫下了「我麻日已長，我土日已廣，常恐霜霰至，零落同草莽」；杜甫寫下了「明日隔山嶽，世事兩茫茫」（《贈衛八處士》）；穆旦也寫下了一首奇特的詩，《聽說我老了》：

> 我穿著一件破衣衫出門，
> 這麼醜，我看著都覺得好笑，
> 因為我原有許多好的衣衫
> 都已讓它在歲月裏爛掉。
>
> 人們對我說：你老了，你老了，

〔註33〕穆旦：《致杜運燮》（1975 年〔日期不詳〕），《穆旦詩文集・2》（第 3 版），第174 頁。

　　但誰也沒有看見赤裸的我，
　　只有在我深心的曠野中
　　才高唱出真正的自我之歌。

　　它唱著，「時間愚弄不了我，
　　我沒有賣給青春，也不賣給老年，
　　我只不過隨時序換一換裝，
　　參加這場化裝舞會的表演。

　　「但我常常和大雁在碧空翱翔，
　　或者和蛟龍在海裏翻騰，
　　凝神的山巒也時常邀請我
　　到它那遼闊的靜穆裏做夢。」

　　這首詩融合了中西文學傳統資源，「穿著一件破衣衫出門」與「化裝舞會」均可謂是一種巧妙的經驗化用，暗合了中西文學傳統中關於死亡的隱喻；但令人訝異的是，這首死亡之詩卻透現出一種驕傲而超脫的語氣——從「大雁」「蛟龍」「山巒」等語彙來看，古典詩學資源的移用顯得別有深意：世人所看到的只是表象，而看不見「赤裸的我」，聽不到「我深心的曠野中」所「高唱」的「真正的自我之歌」；反過來即是，「我」翱翔於「深心的曠野」——一個沒有時間束縛的所在（「時間愚弄不了我」），「高唱出真正的自我之歌」，不再理會世人的眼光。「山嶽」（「山巒」／「山阿」）對於「我」，也不再是一種阻隔，甚至也不是一種依託或歸化（陶淵明《輓歌·其三》中有句：「死去何所道，託體同山阿」），而是一種精神所在，恰如大地上一切高貴的所在。「常常和」與「邀請我」表明了一種雙向性（而不是一種一廂情願的行為），與「我」為伍的乃是大地上的通靈之物（大雁、蛟龍）與崇高永恆之物（天宇、山川），「我」也就成為了其中的一分子。

　　「到它那遼闊的靜穆裏做夢」，最末一行回應了早年的「酣睡」夢想（《玫瑰之歌》中有句：「大野裏永遠散發著日炙的氣息，使季節滋長，／那時候我得以自由，我要在蔚藍的天空下酣睡。」），更回應了陶淵明這等古代的偉大心靈。因此，這樣一首詩，最終沉結為對於一種藝術化人生的追尋。在生命的最後階段，穆旦為自己畫上了一幅肖像：憂憤悲慨的「杜甫」最終置換成

了「靜穆」的「陶淵明」。

就詩人自我形象的呈現而言，穆旦的晚年寫作對其形象可謂形成了極好的補救，它反過來表明穆旦早年的寫作並不是無根的──古典文學之「根」，如同血液，一直在他的周身流淌。早年與晚年的穆旦，共同合成了一幅完整的中國詩人的形象。將穆旦1940年代寫作與晚期寫作割裂開來討論，歸根結底，乃是對於穆旦形象及其詩歌藝術精神的割裂。

而就本篇所關涉的話題而言，則可以說，到了晚年，穆旦與古典文學形象的精神勾連明顯加強（當然，這首先得益於材料的存留），但即便如此，古典詩學資源在穆旦寫作之中，依然呈現出一片混沌之勢。

結語：「保持傳統，主要是精神上的問題」

葉公超聲稱「新詩人」「必須明瞭他本國的心靈」。以穆旦一生的寫作來衡量，他看似違背了這一訓誡，實則在精神層面做出了獨特的回應。以杜甫、陶淵明等為代表的傳統文學形象與詩學資源潛藏於其內心之中，在不同的人生階段，通過不同的樣式呈現出來。這同時也顯示了中國新詩寫作發展到這一時期，在古典詩學資源傳承命題上的新局勢──這樣一種局勢，恰如著名詩人、穆旦的老師卞之琳在1940年代所提到的一個觀點：「保持傳統，主要是精神上的問題」。〔註34〕可以說，隨著時代生活的新變，個人成長的總體背景的潛移，古典文學資源之於寫作的效應不再是直接的施予，而是沉潛為某種精神性的背景。

而所謂「非中國化」或「背離傳統」，從更寬泛的意義上說也意味著某種「模仿」，艾略特稱任何藝術家「也不能單獨的具有他完全的意義」；錢鍾書在《中國詩與中國畫》裏更是指出，那些「抗拒或背離」傳統風氣的藝術家「也受到它負面的支配，因為他不得不另出手眼來逃避或矯正他所厭惡的風氣。正像列許登堡所說，模仿有正有負，『反其道而行也是一種模仿』」。〔註35〕

綜合來看，在相當程度上，穆旦的寫作可謂既接洽了中國古典詩歌傳統，更是著意豐富了這一傳統──新詩的實際發展過程，歸根結底乃是異質因素

〔註34〕卞之琳：《新文學與西洋文學》，《世界文藝季刊》第1卷第1期，1945年8月。

〔註35〕錢鍾書：《七綴集（修訂本）》，上海：上海古籍出版社，1994年第2版，第1〜2頁。

不斷加入的過程，一個「異質」不斷豐富乃至改造「同質」的過程，不管是有意的反叛，還是無意的流現，穆旦的寫作最終都為這一傳統提供了新的質素，賦予了這一傳統以新的活力。論者所謂「穆旦：反傳統與中國新詩的新傳統」的命題即是據此立論。〔註36〕而從文學史敘述的角度來看，對於穆旦寫作之中「中國品質」的發掘，能有效地復現 1980 年代中後期以來現代性思維之中被遮蔽的若干因素，也理解新詩與古典詩學傳統的關係提供一個新的視角。

當然，一如王佐良的命題所引起的爭議，穆旦及其同代人的歷史境遇也非常特殊：在理智層面上，年輕的穆旦對於傳統進行了有意規避；但在情感層面、無意識層面，傳統卻依然不時流現出來，隱隱地規範著穆旦的寫作。其理智與情感（無意識）之間呈現出一種矛盾的狀況。這樣的精神狀況，既從「五四」一代開始一直往下蔓延，也可說中國現代文學領域之中的一個核心性的精神命題。從這個意義上看，今日研究者將王佐良的命題坐實，指出「徹底的無知」一類判斷不當〔註37〕；或者，指責穆旦在閱讀「舊詩」時的「功利心態」〔註38〕，這固然有其合理性，卻也削平了王佐良、穆旦那一代人的歷史境遇與詩學衝動，多少也可算是一種「歷史的誤會」。

〔註36〕李怡：《中國現代新詩與古典詩歌傳統（增訂版）》，北京：北京大學出版社，2008 年，第 331～334 頁。

〔註37〕王毅：《細讀穆旦〈詩八首〉》，《名作欣賞》，1998 年第 2 期。

〔註38〕參見江弱水：《偽奧登風與非中國性：重估穆旦》，《外國文學評論》，2002 年第 3 期。

雜文精神、黑暗鬼影與死火世界
——穆旦與魯迅的精神遇合

「魯迅的雜文」：歷史的動力

在中國現代文學研究之中，魯迅精神譜系的建構一直是一個熱門話題，「通過魯迅研究所獲得的思想資源，一直都是我們建構現代文學史和思想史的核心知識之一」。〔註1〕穆旦即是這一譜系的重要傳承者，詩歌《五月》是一個廣被徵引的例子：

> 從歷史的扭轉的彈道裏，
>
> 我是得到了二次的誕生。
>
> 無盡的陰謀；生產的痛楚是你們的，
>
> 是你們教了我魯迅的雜文。〔註2〕

正如雜文即一種現實性文體，這裡的「魯迅的雜文」大致即一種對於現實的控訴，其主旨在穆旦的《控訴》（1941年11月作）、《被圍者》（1945年2月作）等詩中得到了豐富的展開；但落實到《五月》整體情境中，所謂「魯迅的雜文」卻並非一個獨立的價值命題——它不過是年輕詩人釐清自身歷史境遇的動力之一，借助「二次的誕生」→「行列叫喊」→「沉到底」這樣一種

〔註1〕段從學：《跋涉在荒野中的靈魂——穆旦與魯迅之比較兼及新文學的現代性問題》，《魯迅研究月刊》，2000年第6期。

〔註2〕刊載於《貴州日報·革命軍詩刊》第3期，1941年7月21日。按：本篇所引穆旦詩文，部分因涉及版本差異，將隨文注明；其餘均出自《穆旦詩文集·1》（第3版）。

由外向內收縮的線索，《五月》最終所呈現的是一幅個人「在混亂的街上走」的場景——所隱喻的大致是個人與歷史之間的含混關係，在此一帶有形而上意味的文化命題之下，「魯迅的雜文」並非最為核心的價值命題，這一點，以往研究者基本上都有意無意忽略了。

穆旦對於魯迅更明確的指涉出現在晚年。1973年魯迅著作重印，穆旦買了不少。1975年國內政治形勢一度好轉，穆旦在《熱風》扉頁寫下了自我勉勵之語；及到1976年12月，又在新購《且介亭雜文》扉頁寫到：「於四人幫揪出後，文學事業有望，購且介亭雜文三冊為紀。」事業有望而購買魯迅著作，魯迅顯然具有精神支柱的效應。穆旦在書信中也多次提及魯迅，話題有通過魯迅學習寫作、文藝與政治、作官與說真話、閏土與人生世故等。〔註3〕這些話題都有明確的現實指向，文藝與政治的話題尤其明顯，穆旦不僅告誡對方對當前形勢「不要太介入，現在言論紛紛，有點像五七年。要看一看再講話」；甚至大段抄錄魯迅《文藝與政治的歧途》的原話，並針對現實問題而質詢「文藝家的敏感哪裏去了呢？」〔註4〕

購閱、題辭、談論，「魯迅」可謂貫穿於穆旦生命的最後時刻，或可說，晚年穆旦又一次藉助魯迅窺見了自身的歷史處境；但總體而言，話題仍集中於「魯迅的雜文」，所談論的基本上都是思想家魯迅。而且，需注意的是，這些話題出現在1976年這一歷史轉折關頭：對中國而言，政治局面行將發生大變更，黎明前的黑暗已逐漸消散，曙光正逐漸亮現；對1977年初去世的穆旦而言，黑暗期卻仍在持續——感覺文學事業有望而購閱魯迅書籍，穆旦確曾感受到曙光在前，最終佔據上風的卻仍是政治迫壓，以及對於死亡的強烈預感。〔註5〕不過，既關涉到內心，有理由相信在某些隱秘的空間裏，穆旦與魯

〔註3〕 參見《穆旦詩文集・2》（第3版）所錄穆旦書信，《致郭保衛》（1976年10月16日）、《致郭保衛》（1976年10月30日）、《致巫寧坤》（1977年1月5日）、《致董言聲》（1977年2月19日）等。

〔註4〕 穆旦：《致郭保衛》（1976年10月30日），《穆旦詩文集・2》（第3版），第240頁。

〔註5〕 一個非常明顯的例子是：1976年12月9日，穆旦得悉凝結了大量心血的《唐璜》譯稿依然存留在出版社，為可用之稿，大受鼓舞，在給友人的信中多次談及，這是晚年穆旦思想的一個亮點，與「文學事業有望」的判斷大致相當。但去世前數星期內給友人的信中，穆旦又多次表達了悲觀的意思，對譯稿何時可出版的判斷非常之悲觀，可見個人的「欣慰」和「鼓舞」最終還是湮沒於混沌的政治之中。參見易彬：《穆旦評傳》，南京：南京大學出版社，2012年，第435～486頁。

迅仍將相遇。

　　討論穆旦與魯迅的隱秘接近，恰切的起點是必要的。通覽兩人的寫作，可發現一個癥結：魯迅存有太多自我闡釋類文字，學界關於魯迅的知識幾乎都有原點可循，儘管實際闡釋大有差異。所謂「原點」，即問題生發的最原初的文本語境。穆旦早年極少自我闡釋類文字，晚年倒是存有不少書信，但關於寫作與個人經歷的自我闡釋類文字的總量仍然非常稀少，穆旦顯然無意於自我形象乃至思想體系的建構。由此，在「魯迅—穆旦」命題的闡釋中，所循原點絕不相稱：一個是大致確切的，儘管精神層面的命題多有紛爭；另一個卻並不那麼可靠——詩歌中的「我」與詩人顯然並非同一。

　　身世表述即是「原點」之一。近代以來，中國社會發生了一系列重大變革，舊式封建家族的逐漸崩散即是非常突出的一種。這一蛻變給中國子民帶來了強烈的陣痛——魯迅和穆旦都分享了這種陣痛，身份相異，程度不同，實際反應也很不一樣。魯迅是周家長房長子，陣痛尤為劇烈。《吶喊·自序》中那個「出入於質鋪和藥店裏」的、「藥店的櫃檯正和我一樣高，質鋪的是比我高一倍」的孩子形象被廣泛流傳——其生命圖景也同時被勾勒：「有誰從小康之家而墜入困頓的麼，我以為在這途路中，大概可以看見世人的真面目」。〔註6〕在其他談論中，家族破敗的陣痛被有意識地納入到現代社會進程的敘述當中：魯迅不僅自稱是「破落戶子弟」，還認為困頓的人生、無能的父親使他「明白了許多事情」，給了他「解剖」人心的能力，使他成為一個「戰士」。〔註7〕與之相反，坊間關於穆旦生平敘述的材料相當稀見，穆旦（原名查良錚）也可說是「破落戶子弟」，其祖上（查氏家族）乃是海寧名門望族，清康熙帝曾稱其為「唐宋以來巨族　江南有數人家」。穆旦所屬一支約在晚清因仕途之故而遷至天津，至祖父時家道已中落，其父親也不會賺錢，工作斷斷續續，薪俸微薄，生活拮据，在大家庭裏的地位卑微。不過他健康長壽，一直到86歲高齡時方才過世。

　　具有一定相似性的身世最終分途而行：《吶喊·自序》中家道中落的孩子最終成長為毀壞「鐵屋子」的啟蒙者，成年穆旦對於自我闡釋的漠然，對於現代詩歌寫作的多重嘗試，表明他更自覺於詩人的身份。

〔註6〕魯迅：《吶喊·自序》（1922年），《魯迅全集·1》，北京：人民文學出版社，1981年，第415頁。按：本篇、所引魯迅文字均出自該集，不另說明。
〔註7〕魯迅：《書信·350824·致蕭軍》，《魯迅全集·13》，第196頁。

正因為原點處即出現重要分途，本文將主要從詩的層面───一條秘密的文學通道───切入。為了更好地揭示出穆旦與魯迅之間的那種隱秘的會合，這裡選擇了幾組在各自寫作中有重要意義、且有對照意味的語彙或鏡象：「夢境」與「時感」，「鬼影」與「黑暗」、「敬奠」與「默念」、「死火」與「死的火」，來呈現兩者內在的精神勾連及歧異之處。

「夢境」與「時感」：現實語境的蛻變

魯迅最具詩性氣質的作品無疑是《野草》───已過不惑之年的魯迅將個人心靈放置到一個深邃、黑暗的窄門之內，門口懸貼著一張令人驚悚的《墓碣文》：

> 我在疑懼中不及回身，然而已看見墓碣陰面的殘存的文句───
> ……抉心自食，欲知本味。創痛酷烈，本味何能知？……
> ……痛定之後，徐徐食之。然其心已陳舊，本味又何由知？……
> ……答我。否則，離開！……
> 我就要離開。而死屍已在墳中坐起，口唇不動，然而說───
> 「待我成塵時，你將見我的微笑！」
> 我疾走，不敢反顧，生怕看見他的追隨。〔註8〕

不難察知，這幅陰森詭異的畫面中浮蕩著兩重魅影。一重是抉心自食的遊魂：不僅酷烈的創痛影響了抉食的行為，而食心又是艱難的，本味甚至還無從真正察知。另一重則是懷有疑懼與退縮（「疾走」）心境的夢遊者。

弔詭的是，如果將前一重魅影抉心自食的行為視作自我解剖的話，後一重魅影恰恰與之形成了牴觸：它不僅無意於解剖，且視其為一種危險行為，惟恐逃之不及。兩重魅影如此錯疊，不妨視其為一種複調敘述，遊魂（「死屍」）即另一個「我」。兩個「我」，一個決絕，一個疑懼，彼此都將自身置於一種背反的境遇之中：決絕的已殞顛為死屍，蟄伏於世界的陰面；而那個穿行於世間的卻又是疑懼的。兩個「我」都無法完成自己，但卻又借助對方而窺見了自己的真實形象───兩個「我」共同傳達了魯迅對於自我解剖命題的省思：要解剖自己，真正省察自身的歷史處境，需要掙脫各式各樣的歷史壓力，這是艱難的、痛苦的，更是虛無的，如《墓碣文》所寫：「於浩歌狂熱之際中寒；於天上看見深淵。於一切眼中看見無所有；於無所希望中得

───────────────

〔註8〕見《魯迅全集·2》，第202頁。

救」。

可以說，《野草》哲學的全部基點乃是這樣一個混沌的自我：起因於對自我的懷疑與不確定，進而生發為一個大的世界。這與其說是一個現代主義命題，倒不如說是一種認識論：惟有察知了自我的內心境遇，才能真正建立起與這個世界的實有聯繫。

穆旦早年寫作中也一直保持著自我省思的姿態。那些明顯帶有思辨意味的作品，比如殘缺主題的反覆表達，「我歌頌肉體」、「我想要走」等驚駭聲音的發出，「三十誕辰」時對於虛無和黑暗的窺見，均顯示了內省的強度。而如《五月》等詩所示，即便是表達時代性命題，穆旦往往也是首先將自己投入現實，將自身境遇鎔鑄其中，這不僅獲具了堅實的經驗，也保持了自我的立場。正因為如此，在穆旦早年詩歌中，始終懸浮著一個對自身處境極度敏感的「我」。詩篇也多浮現出強大的精神壓力——希望與絕望如影隨形，緊緊地黏附於詩句之中，1942 年發表的《阻滯的路》中有「我要回去，回到我已迷失的故鄉，／趁這次絕望給我引路，在泥淖裏，／摸索那為時間遺落的一塊精美的糖」[註9]——以絕望引路，可見現實生活帶來的逼仄感受。在《活下去》（《文哨》第 1 卷第 1 期，1945 年 5 月 4 日）中，「希望」與「幻滅」共同交織成一個艱澀的「活下去」命題——《飢餓的中國》中的「希望」命題更為艱澀：

> 我們希望我們能有一個希望，
> 然後再受辱，痛苦，掙扎，死亡，
> 因為在我們明亮的血裏奔流著勇敢，
> 可是在勇敢的中心：茫然，
>
> 我們希望我們能有一個希望，
> 它說，我並不美麗，但我不再欺騙，
> 因為我們看見那麼多死去人的眼睛
> 在我們的絕望裏閃著淚的火焰，
>
> 當多年的苦難為沉默的死結束，
> 我們期望的只是一句諾言，

〔註 9〕 刊載於重慶版《大公報‧戰線》第 936 號，1942 年 8 月 23 日。

然而只有虛空，我們才知道我們仍舊不過是
幸福到來前的人類的祖先，

還要在無名的黑暗裏開闢起點，
而在這起點裏卻積壓著多年的恥辱：
冷刺著死人的骨頭，就要毀滅我們一生，
我們只希望有一個希望當做報復。〔註10〕

　　詩歌傳達了渺小的個體在一個充斥著「苦難」與「死亡」的現實世界裏所領受到的「虛空」與「恥辱」情緒，對於黑暗、對於行將被毀滅的自我的敏銳感知，以及對於幸福的遙遙企盼。其語彙從多個層面回應了《野草》：「沉默」／「虛空」與「沉默」／「空虛」（《題辭》）；「死人的骨頭」與「死屍」（《墓碣文》）；「希望」、「絕望」的交錯與「絕望之為虛妄，正與希望相同！」（《希望》）；而安放在最末位置的「報復」這一醒目字眼，可關聯起《復仇》；「火焰」可關聯到《死火》，「無名的黑暗」更是浸染到野草叢生的「黑夜」中。可見無論是寫作姿態、詩歌情緒，還是實際展開的寫作圖景，穆旦都在接近魯迅。

　　《野草》的品質似不在現實，即如「我夢見了……」這一基本句式所示，現實背景在相當程度上被抽離；不過魯迅自稱這些文字多半跟 1924～1926 年間社會政治的變幻及文人、青年的思想狀況有關，如「驚異於青年之消沉，作《希望》」〔註11〕；《一覺》則是對於青年的熱切期待。魯迅有意將這些抽象命題落實於現實之中——正因為它們關聯著政治時局，又反過來規約了《野草》的文風，「那時難於直說，所以有時措辭就很含糊了」。短短幾年之後，魯迅又不得不面對新境況：「日在變化的時代，已不許這樣的文章，甚而至於這樣的感想存在」。〔註12〕魯迅將時代看作是寫作的內在動因，「變化的時代」意味著語境潛移變化，不僅《野草》不再被允許，連這類感想也被泯滅，取而代之的是粗礪的雜文。這意味著魯迅被「現在」這一命題緊緊糾纏：「現在」既促生了《野草》文體，也泯滅了這一文體。

　　穆旦較早的詩歌如《防空洞裏的抒情詩》《漫漫長夜》等，多有虛擬之

〔註10〕刊載於《文學雜誌》第 2 卷第 8 期，1948 年 1 月 1 日。
〔註11〕魯迅：《〈野草〉英文譯本序》（1931 年），《魯迅全集·4》，第 356～57 頁。
〔註12〕魯迅：《兩地書·二三》，《魯迅全集·11》，第 97 頁。

處與夢幻色彩，但從「防空洞」「我的孩子們戰爭去了」等場所描述或表述
來看，現實背景還是不時透現出來。越往後，「時感」越發成為穆旦詩歌的
核心來源，如《飢餓的中國》所寫：

飢餓是這孩子們的靈魂。

從他們遲鈍的目光裏，古老的

土地向著年青的遠方搜尋，

伸出無力的小手向現在求乞。

如「向現在求乞」所隱喻，「現在」成為了 1940 年代後期穆旦視域之中
相當急峻的問題。在將現實經驗提萃為詩歌的過程中，穆旦雖憤慨但倒並不
急躁：他一直努力避免在情緒高漲時寫作，多講究詩情醞釀；對寫作量也始
終有所控制，這有效地避免了情緒的泛濫。在實際寫作中，穆旦又基本不作
直接反映式寫作，詩歌開篇寫到了「這些孩子」，不難設想，現實情境是孩子
們因為飢餓而不得不「伸出無力的小手」向人求乞。但詩歌越過這一慣常寫
法，經由古老與年青、現在與遠方這兩組對峙，最終超脫了具體現實的拘囿
而提升到普遍的層面，寫出了飢餓的實質：飢餓的不僅僅是孩子們，更是衰
老無力的大地本身。

可以說，魯迅與穆旦都經歷了寫作上的某種變化：從「夢境」到「時感」，
並非寫作策略使然，而是現實語境發生了大的變化，魯迅意識到了這一變
化，穆旦也深深地體察了這一變化——兩人的寫作，都是建立在對於現實語
境的深切體察的基礎之上的，都映現著現代中國的斑駁面影。

「鬼影」與「黑暗」：現實擔當的異徑

儘管現實語境急遽變化，時感命題也日漸突出，但仍可從 1940 年代後
期穆旦詩歌中抽出「黑暗」的一面，《時感四首》中有「無名的黑暗」這類
飽滿主觀興味的稱語，《誕辰有作》更是以深摯的內省筆法將黑暗鑲嵌於誕
辰之中：

在過去和未來兩大黑暗間，以不斷熄滅的

現在，舉起了泥土，思想，和榮耀，

你和我，和這可憎的一切的分野，〔註13〕

〔註13〕該詩原刊載於《大公報·星期文藝》第 38 期，1947 年 6 月 29 日；稍後重刊
於《文學雜誌》（第 2 卷第 4 期，1947 年 9 月 1 日）時，改題為《三十誕辰

　　「黑暗」不僅悖逆於滿懷興奮之情奔向光明的時代話語，更與詩人年輕的生命構成了難以抹卻的張力——強調穆旦年輕，且將其寫作與魯迅並舉，意欲強調兩者之間那樣一種無從填補的歧異：穆旦的成長雖有波折，但總體上是順暢的：南開中學、清華大學（西南聯大）等名校使他獲得了良好的教育及可靠的英文技能，寫作道路也不算坎坷，儘管當時始終並未獲得廣泛的詩名。1942 年從軍途中的生死經歷雖影響深遠，但細究起來，物質因素始終非常突出：戰爭中的自然環境極其惡劣，肉體承受能力極為重要，若無法抵禦飢餓折磨、蚊蟲叮噬和疾病侵擾，注定將無法生還。再往後，穆旦生活也始終並不順暢，其中如《新報》被查封的遭遇雖加深了他對於政黨政治的認識，但物質生存困境最終還是佔據上風——1948 年初，穆旦到上海、南京等地謀生，賺錢留學及贍養家庭等物質生活問題變得尤為突出。統言之，早年穆旦所遭遇的多半是帶有青春期特徵的問題，精神壓力雖多有浮現，但並未遭遇無法邁卻的精神道坎。借用魯迅的觀念，穆旦並未陷入那樣一個充滿虛無意味的「無物之陣」〔註 14〕——雖然黑影重重，卻並不會於回身之際撞見鬼影！

　　魯迅的成長歷程更多受阻乃至挫敗，其青年期——特別是還沒有開始文學生活的「S 會館時期」——被認為是一種「蟄伏」。〔註 15〕《野草》則可謂一個中年人複雜人生經驗的呈現。相較於年輕的穆旦，魯迅有著更為深邃的內心體驗，《野草》也堪稱浮現了魯迅的全部哲學。

　　就文化身份而言，1940 年代的穆旦近於一名小職員〔註 16〕，遠離文化中心，生計問題突出，經常失業，與通貨膨脹、高物價作著鬥爭；實際工作也是技術性的，寫作實是一種副業——為了寫作，穆旦將自己投身到現實生活的內部，這映證了魯迅傳人胡風的觀點：「文藝創造，是從對於血肉的現實人生的搏鬥開始的」〔註 17〕；卻也從另一個角度證明，持續動盪的 1940 年代已容

　　　有感》（現通行本也依此題）；而 1940 年代末期在擬編訂的詩集中，再次進行
　　　了修改，此處即據此版，見穆旦著、查明傳等編：《穆旦自選詩集》，天津：
　　　天津人民出版社，2010 年，第 142 頁。
〔註 14〕語出魯迅《野草・這樣的戰士》（1925 年），《魯迅全集・2》，第 214 頁。
〔註 15〕日本學者竹內好認為這是魯迅一生之中最為重要的一段時期，見竹內好《魯
　　　迅》，李心峰譯，杭州：浙江文藝出版社，1986 年，第 46～47 頁。
〔註 16〕參見易彬：《「小職員」：穆旦 1940 年代社會文化身份考察》，《首都師範大學
　　　學報》2012 年第 1 期。
〔註 17〕胡風：《置身在為民主的鬥爭裏面》，《希望》第 1 期，1945 年 1 月。

不得慢與閒，容不得一個在現實裏討生活的年輕人去「臨摹古帖」——這樣一個從魯迅的 S 會館時期經歷之中抽取出的隱喻說法表明：隨著現代中國朝前推進，傳統生活方式逐漸消退，個人生活圖景乃至人生軌跡均朝著物質化的方向大大發展了。

經歷了青年期挫敗與苦悶的魯迅在「五四」前後爆發出了強大創造力，之後則是逐漸佔據文化中心位置，甚至成為依仗稿費、版稅生活的職業文化人。在魯迅身上，更多思想家的精神風範，更多精神的搏鬥；生活方式也更近於一種書齋生活，更多地依憑一種經驗式觀察與思辨——現實往往如他所估量的那般險惡，這又進一步加深了他對於經驗的看重。

穆旦和魯迅的這種差異可謂一種時代性差異：時代不同，寫作者所面臨的價值命題與實際境遇也相殊異。但是，儘管存在分途，穆旦筆下那不斷漫延開來的黑暗詩篇還是關聯著《野草》，如《影的告別》：

  我不過是一個影……我不願彷徨於明暗之間，我不如在黑暗裏沉沒。

一個是「影」，一個是「誕辰」，兩位寫作者的切入角度並不相同——歸根結底，這種不同彰顯了兩人對於現實的不同擔當。窺見「在黑暗裏沉沒」的「影」是一種歷閱世事的虛無；而言說在「過去和未來兩大黑暗間」的「誕辰」，更多青春激憤的色彩。

穆旦寫作中既沒有一個虛無的影，如何消抵黑暗——處理精神危機——也就變得饒有意味。縱覽之，玄機在於：一方面，穆旦有意控制寫作速度和寫作量，寫作情緒往往得到蘊積，這是其寫作充滿精神張力的由來。另一方面，信仰訴求時時「隱現」，這本身即是黑暗心境的浮現，如穆旦所有作品中信仰命題最為突出的長詩《隱現》所示。《隱現》初作於 1943 年，1947 年又進行了大幅重訂。從發生學角度說，這依然是一個被現實「鞭打」出來的命題。大約從《出發》（1942 年 2 月作）開始，穆旦詩中的信仰命題變得密集，直到 1948 年他在舊中國所寫下的最後一首詩《詩四首》仍在慨歎「他們太需要信仰」——這最後的籲求表明所謂信仰蘊涵著一種對於現實的極端強烈的憂憤，穆旦的寫作與現實命題不斷糾結，最終呈現為這樣的局勢：投入現實→體察到深切的「不幸」（取自《不幸的人們》，1940 年 9 月作）→體察到自身作為知識者的「罪」→尋求信仰→更為嚴峻的現實→最終的救贖卻並沒有出現，「黑暗」由此成為一塊憤慨情緒的結晶體，「豐富，和豐富的痛苦」（取

自《出發》）成為一個突出的精神命題。

這樣一來，穆旦與魯迅的個人境遇可謂有著別有意味的對位：穆旦的成長雖較為順暢，但懷有強烈的內省，終在逼仄社會現實的擠壓之下陷入到無從遣除的痛苦與絕望之中。而經歷了「迴心時期」的魯迅見慣了現實慘狀，在一種「頹唐」心境之下寫出《野草》〔註18〕，卻又同時流現出對於「過去的生命」的死亡與朽腐的「大歡喜」。〔註19〕

年輕的穆旦一直以一種激昂的姿態進行寫作，藉此，一段時間之內，他消抵了物質的壓力，邁越了精神的道坎，但不斷累積的精神壓力終在1940年代後期達到頂點。友人王佐良當時即「抗議穆旦的宗教是消極的」，又稱「他懂得受難，卻不知至善之樂」。〔註20〕「受難」不難理解，大致即指現實的磨難與靈魂的歷練。何謂「至善」呢？在中文語境之中，「至善」一詞出自《禮記》之《大學》篇，《大學》被認為是孔子講授「初學入德之門」的要籍，其中有句：「大學之道，在明明德，在親民，在止於至善。知止而後有定，定而後能靜，靜而後能安，安而後能慮，慮而後能得。物有本末，事有終始，知所先後，則近道矣。」這裡談的是為學的諸種境界。不過，從王佐良當時旨趣來看，「至善」更可能是一個隨手取自西方哲學史的概念，據說，不同哲學家對此闡釋各異，但一般都認為它是道德上追求的最高目的，是指一切其他的善都包含於其中或者都來源於它的那種最高的善。那何謂「至善之樂」呢？王佐良的觀點既由宗教引申開來，又與「受難」對照，大致上可說是對於一種道德上的愉悅的追求，即以此來消抵受難對於心靈所造成的磨難，從而實現內在精神世界的某種平衡。以此來看，「不知至善之樂」可謂是對於穆旦內心狀況的一種至為貼切的體察──從1947～1948年間穆旦筆下那些多有「欺騙」「罪惡」一類語彙的詩篇來看，年輕的穆旦顯然一直未能獲得內心的調解機制，矗立在他面前的，顯然並非新的體制即將成立的「新中國」的美好圖景，而是一幅幅充滿了「欺騙」「罪惡」的舊的社會制度下的惡劣圖景，他在1949年8月這樣一個時間節點奔赴美國，也就帶有了「出走」的意味。

魯迅則似《過客》中那個孑然前行的形象：「就在這麼走，要走到一個地方去，這地方就在前面」──「腳早經走破了，有許多傷，流了許多血」，仍

─────────

〔註18〕魯迅：《書信·341009·致蕭軍》，《魯迅全集·12》，第531頁。

〔註19〕魯迅：《野草·題辭》，《魯迅全集·2》，第159頁。

〔註20〕王佐良：《一個中國新詩人》，《文學雜誌》第2卷第2期，1947年7月。

不停地往前走——「向野地裏蹌跟地闖進去，夜色跟在他後面」。這樣一個雖跟蹌、但不斷前行的形象意味著複雜的人生經驗、深邃的傳統文化修為最終使魯迅獲得了自我調解的機能——他最終「肩住了黑暗的閘門」〔註21〕。

「敬奠」與「默念」：守夜者的精神形象

故事仍將持續。憂憤出走的穆旦不僅在1953年初重回中國，而且以極大熱情投入到新中國的文化建設之中，翻譯了大量詩文，可見當初的絕望情緒並沒有擊垮他，而不過是那一時情緒的頂點，恰如其同代人鄭敏對《三十誕辰有感》（《誕辰有作》）的評價：「不斷熄滅」是關鍵性的，「包含著不斷再燃，否則，怎麼能不斷舉起？這就是詩人的道路，走在熄滅和再燃的鋼索上。絕望是深沉的……然而詩人畢竟走了下去，在這條充滿危險和不安的鋼索上，直到頹然倒下」。〔註22〕

磨難卻又暗暗開始——回國不多久穆旦即被列為「肅反對象」；被政治話語口誅筆伐；被宣布為歷史反革命分子，下放到圖書館從事打掃廁所或編目一類單調枯燥的工作，之後是較長一段時間的勞動改造，及到1976年1月，更是騎車摔傷，一直未得治癒，最終在動手術前因心臟病發作而倒在病床上。

微妙的是，在經歷了漫長的精神磨難之後，1976年3月，穆旦也寫下了一篇「墓碣文」：

> 但如今，突然面對著墳墓，
>
> 我冷眼向過去稍稍回顧，
>
> 只見它曲折灌溉的悲喜
>
> 都消失在一片互古的荒漠，
>
> 這才知道我的全部努力
>
> 不過完成了普通的生活。

這首《冥想》使用的是一種完成時態，體認的是一種普通的人生角色——穆旦並非沒有傳奇經歷，隨校從長沙步行至昆明、放棄西南聯大教席從軍、辦報、留學美國並在新中國成立之初回國、較長的受難歷程等等，但並

〔註21〕語出魯迅《墳·我們現在怎樣做父親》，《魯迅全集·1》，第140頁。

〔註22〕鄭敏：《詩人與矛盾》，杜運燮等編：《一個民族已經起來》，南京：江蘇人民出版社，1987年，第31頁。

沒有「一種虛假的英雄主義的壞趣味，他本人對於這一切覺得淡漠而又隨便」〔註23〕──並沒有將傳奇文字刻上「墓碑」。普通角色的體認與穆旦始終少有自我闡釋類文字的做法是一致的。這個「從幻想底航線卸下的乘客」，不僅「永遠走上了錯誤的一站」（《幻想底乘客》，1942年）；而且終於走到「幻想底盡頭」：

> 我已走到了幻想底盡頭，
>
> 這是一片落葉飄零的樹林，
>
> 每一片葉子標記著一種歡喜，
>
> 現在都枯黃地堆積在內心。

這首《智慧之歌》被認為是穆旦1976年寫下的第一首詩，一句「我已走到了幻想底盡頭」可謂道出了穆旦人生的全部酸楚。這裡的「歡喜」不是《野草》中的「大歡喜」，而是內心枯黃圖景的比照──是對一種已不復存在人生圖景的感慨。在這個「幻想底盡頭」，年輕時的激憤消退，人生滄桑靜穆之感浮現。穆旦晚年寫作之中，儘管有《退稿信》《黑筆桿頌》一類直陳現實荒誕的作品，也有《神的變形》這般包含了省察歷史乖謬的因子的詩篇〔註24〕──它們或許會讓人想到晚年穆旦所談論的作為雜文幹將的魯迅，但大多數詩篇更像是哀傷而淒厲的生命輓歌，彌散著一種冷徹的寒意，揮之不去的死亡氣息──撲面而來的更多的是《野草》式語彙，比如《理想》中有「像追鬼火不知撲到哪一頭」，其中的精神勾連，不妨以《停電之後》為例來看。

《停電之後》寫作之時，穆旦因腿傷已臥床半年──腿傷是晚年穆旦生活中的核心事件，停電是當時常出現的情境。電燈驅走了黑暗，停電則意味著黑暗再次來襲：「突然，黑暗擊敗一切，／美好的世界從此消失滅蹤。」正如穆旦對於普通角色的體認，這裡的「黑暗」一詞也已洗盡鉛華：有光亮的世界是美好的，黑暗的世界是死寂的。

〔註23〕 王佐良：《一個中國新詩人》，《文學雜誌》第2卷第2期，1947年7月。

〔註24〕 一般讀者顯然放大了《神的變形》一詩之中的「權力」因子，且試圖藉此構設一條個人和社會相對抗的線索，但實際上，對詩歌語氣加以分析可發現，最末一行「最後……人已多次體會了那苦果」的效果更近於「多少人的痛苦都隨身而沒」這樣的表述，以此來看，與其說晚年穆旦是要通過寫作而對外在的權力社會發言，倒不如說是在為被「權力」不斷「腐蝕」的自身生命而哀挽。更多討論可參見本書第一輯第二篇。

「小小的蠟燭」燃起，黑暗第二次來襲被擊退：「把我的室內又照得通明：／繼續工作也毫不氣餒，／只是對太陽加倍地憧憬。」蠟燭的故事則留待次日———一個輝煌的白日——來呈現：經由輝煌的映照，昨夜那幀黑暗圖景重新清晰，「我細看它，不但耗盡了油，／而且殘留的淚掛在兩旁」。

「耗盡了油」，燭油盡即燭已燃盡——又一次，「黑暗擊敗一切」；燭滅之時，工作應還在進行，否則，燭應是被吹熄而有所存留；工作未畢而燭已燃盡，詩人不得不摸著黑、帶著小小的遺憾入睡。這種倉促表明了此前工作（多半是翻譯這一包含著復興中國文藝的特殊使命的行為〔註25〕）的緊張與投入，以致連蠟燭快要熄滅都不曾發覺——甚至連風一陣陣吹來也不曾發覺：

> 這時我才想起，原來一夜間，
>
> 有許多陣風都要它抵擋。
>
> 於是我感激地把它拿開，
>
> 默念這可敬的小小墳場。

「抵擋」一詞著實別有深意，夜裏起風，寒意來襲，但燭臺不過是一個小小的物設，何以抵擋得住那許多陣風呢？何以抵擋得住生命寒意的陣陣侵襲呢？

但它終究抵擋了，且令「我」心生感激，這最末兩行有力地勾連起魯迅在《野草·秋夜》之中所描摹的那幀守夜者形象：

> 我打一個呵欠，點起一支紙煙，噴出煙來，對著燈默默地敬奠
> 這些蒼翠精緻的英雄們。

默念與敬奠，「這可敬的小小墳場」與「這些蒼翠精緻的英雄們」，都是精微的對應——更微妙的是，《停電之後》的背景也正是一個秋夜。魯迅筆下的秋夜是躁動的：天空「非常之藍，閃閃地睞著幾十個星星的眼」，「夜遊的惡鳥」飛來飛去，「夜半的笑聲，吃吃地」，「後窗的玻璃上丁丁地響，還有許多小飛蟲亂撞」。這番情狀表徵了守夜人「我」內心的躁動不安，卻也實證了內心與外界的交流。穆旦的「秋夜」卻是一個安靜的世界，窗外一切動靜全

〔註25〕穆旦在生命的最後時刻多次表達類似觀點，如 1977 年 2 月 12 日在給巫寧坤的信中寫到：「我認為中國詩的文藝復興，要靠介紹外國詩。人家真有兩手，把他們的詩變為中國白話詩，就是我努力的目標，使讀者開開眼界，使寫作者知所遵循。」見穆旦：《穆旦詩文集·2》（第 3 版），第 209 頁。

都屏蔽在外。

在《秋夜》裏,「煙」撫慰了心靈,「我」即時性地獲具了對於生靈的敬意。為什麼有敬意?因為這些夜晚的精靈實證了內心的力量。而在穆旦這裡,世界圖景或意義空間乃是通過次日追憶來完成的:藉助夜晚的殘留之物,方才意識到原來夜裏有許多陣風(「寒意」)襲來。通過追憶,詩人看到了一幀在微弱的火焰下工作的圖像,一團微弱的生命之火在燭臺上搖曳───一個退縮得比小小的燭臺更小的自己。感激什麼?感激小小的燭臺,這反襯了心靈的脆弱───感激黑暗和寒冷為自己留下了「一座小小的新墳」。魯迅將「墳」視為「生活的一部分的痕跡」〔註26〕,但在穆旦這裡,「墳」儼然就是脆弱心靈的投影。

「死火」與「死的火」:心靈的異象

同樣是「秋夜」,不同心靈卻呈現出異樣景象。放置到「魯迅─穆旦」的對照譜冊中,其實並不突兀。《野草》的情緒,用「死火」(《死火》)來概括再恰當不過:

> 上下四旁無不冰冷,青白。而一切青白冰上,卻有紅影無數,糾結如珊瑚網。我俯看腳下,有火焰在。
>
> 這是死火。有炎炎的形,但毫不搖動,全體冰結,像珊瑚枝;尖端還有凝固的黑煙,疑這才從火宅中出,所以枯焦。這樣,映在冰的四壁,而且相互反映,化為無量數影,使這冰谷,成紅珊瑚色。

「死的火焰」,初看之下一幅冰冷情狀,彷彿決無熱情,冷徹至骨;但有火在內裏燃燒。它可以燒完,其情狀或如《野草·題辭》所寫:「地火在底下運行,奔突;熔岩一旦噴出,將燒盡一切野草,以及喬木,於是並且無可朽腐」;也可能永藏冰谷以致凍滅,其情狀則如《復仇》所寫:「以死人似的眼光,鑒賞這路人們的乾枯,無血的大戮,而永遠沉浸於生命的飛揚的極致的大歡喜中」。〔註27〕無論燒完或凍滅,都有火在───有「體溫」在,在《寫在〈墳〉後面》中,魯迅記述了一個學生拿著帶有體溫的錢來買書的情形,「這體溫便烙印了我的心,至今要寫文字時,還常使我怕毒害了這類的

〔註26〕語出魯迅《墳·題記》,《魯迅全集·1》,第4頁。
〔註27〕見《魯迅全集·2》,第173頁。

青年，遲疑不敢下筆。我毫無顧忌地說話的日子，恐怕要未必有了吧。但也偶而想，其實倒還是毫無顧忌地說話，對得起這樣的青年」。〔註28〕這段文字可謂以最通俗的方式詮釋了魯迅何以會選擇一種向外張揚的精神姿態與言說立場。

在為1945年第一部詩集《探險隊》所寫的宣傳廣告之中，年輕的穆旦也曾有過「尚未灰滅的火焰」的說法：

> 最大的悲哀在於無悲哀。以今視昔，我倒要慶幸那一點虛妄的自信。使我寫下過去這些東西，使我能保留一點過去生命的痕跡的，還不是那顆不甘變冷的心麼？所以，當我翻閱這本書時，我彷彿看見了那尚未灰滅的火焰，斑斑點點的灼炭，閃閃的、散播在吞蝕一切的黑暗中。我不能不感到一點喜。〔註29〕

「火焰」照亮「黑暗」，穆旦對於內在的精神自我有著強烈的體認，其早年寫作也確實有一股火在詩歌內裏燃燒，但在表面上卻可說是呈現出冷的態勢，這既因為理性與內省；也與所選擇的表達方式有關，即王佐良所謂「非中國化」的方式給漢語讀者帶來了某種障礙。這樣一種詩歌風格，大致上可稱作是「外冷內熱」。〔註30〕

但在晚年穆旦的詩歌裏，那曾經熊熊燃燒的火似乎從一開始就熄滅了。《智慧之歌》以冰冷的筆調寫下了「我已走到了幻想底盡頭」；之後詩作，異常冰冷的詩句頻頻出現：

> 多少人的痛苦都隨身而沒，
> 從未開花、結實、變為詩歌。
>
> ——《詩》
>
> 呵，永遠關閉了，歎息也不能打開它，
> 我的心靈投資的銀行已經關閉，

〔註28〕見《魯迅全集‧1》，第285頁。
〔註29〕刊載於《文聚》第2卷第2期（1945年1月1日）封三。按：此觀點最初源自姚丹的《西南聯大歷史情境中的文學活動》（廣西師範大學出版社2000年版），但作者並沒有說明此判斷從何而來。此後，該廣告作為穆旦文字收入《穆旦詩文集》。
〔註30〕西南聯大時期的友人唐振湘在回憶中曾談到穆旦身上那種「外冷內熱」的「詩人氣質」。參見唐振湘等：《由穆旦的一封信想起的……》，《新文學史料》，2005年第2期。

　　　　　　留下貧窮的我，面對嚴厲的歲月，

　　　　　　獨自回顧那已喪失的財富和自己。

　　　　　　　　　　　　　　　　　　──《友誼》

　　看起來，即便到了晚年，王佐良所謂「穆旦懂得受難，卻不知至善之樂」的情形依然沒有發生改變，穆旦內心依然沒有一個調解機制，只不過情緒已移換為對死亡的感知──絕望證明仍有力量在，但死亡的情緒卻是不斷疊加，終至無可挽回，「那顆不甘變冷的心」不知什麼時候已變得冰冷，「我的心靈投資的銀行已經關閉」──「永遠關閉了」，回顧的不過是「已喪失的」。而一句「多少人的痛苦都隨身而沒」更是「嚴厲的歲月」裏心靈境遇的殘酷寫照。

　　穆旦晚年作品已是輓歌，令人訝異的是火焰看起來還在──有時候似乎還很旺盛，讓人感覺到的卻並不是溫暖，如《停電之後》。而最能說明問題的還是絕筆之作《冬》，第一節尤為明顯，這裡有兩個突出的表達：一個是「人生本來是一個嚴酷的冬天」式複沓寫法（後來有修改），此前的《好夢》，全詩 5 節，各節也均以「讓我們哭泣好夢不長」收結。一個是「我愛在……」句式，姑且認為第一句「我愛在淡淡的太陽短命的日子」是實寫，但「太陽短命」顯然是一個陰冷的說法。之後 3 句：「我愛在枯草的山坡，死寂的原野」「我愛在冬晚圍著溫暖的爐火」「我愛在雪花飄飛的不眠之夜」無不是用虛擬的語氣寫成，這種語氣在《智慧之歌》之中也有：「另一種歡喜是迷人的理想，／他使我在荊棘之途走得夠遠，／為理想而痛苦並不可怕，／可怕的是看它終於成笑談。」理想是「歡喜」，不過「終於成笑談」（可想想《停電之後》的起句：「太陽最好，但是它下沉了」）。可以說，《冬》最終將穆旦晚年作品像結網一樣結了起來──直可說是涵蓋穆旦全部人生的一首詩。

　　相較於精神主體向外投射的《秋夜》，晚年穆旦是不斷向內收縮的。放置到魯迅與穆旦各自的精神譜冊之中，不難發現，這種「外」與「內」之別以及由此所呈現出的心靈異象其實可謂淵源有自。

結　語

　　如上討論顯示了穆旦與魯迅在寫作行為與精神氣質上的諸多相似之處。這種相似，概言之，即對於時代語境的敏銳感知，對於個體心靈的擔

當。但在現實人生、時代語境及相關文學命題方面，彼此所採取的擔當路徑還是多有歧異——在相當程度上，也可以說彼此的寫作承負著不同的時代內涵：魯迅抗擊了時代的壓力，無論是 S 會館時期的堅忍，還是後來孑然前行式的勃發，所凸顯的都是一種富有力量的精神形象——「鬼影」「敬奠」與「死火」等鏡象既浮現了魯迅內心幽深的文學律動，也有力地彰顯了魯迅向外投射的精神立場；穆旦呢，先是物質生活的壓力消抵了青春的激情，最終則是在殘酷的時代裏「頹然倒下」，「黑暗」「默念」與「死的火」這些鏡象勾描了穆旦如何懷著強熾的青春情愫而終至不斷向死亡之宮收縮的心跡。這種差異，最終也呈現為兩種不同的寫作路數：《野草》傲然卓立於蕪雜、混亂的時代之中，《停電之後》《冬》一類則是不斷往死亡裏退縮的詩篇。但就其文學效應而言，抗擊時代的篇章固然能有力地托現出寫作者的精神形象，那些退縮的詩篇卻也是殘酷時代裏渺小個體的心靈圖景的真實復現，它們均可謂各自的時代裏最動人的聲音。

魯迅與穆旦，兩位寫作者在各種時代因素的激發下形塑了獨特的個人生命圖景，創造出了精深的文學實績。從「魯迅」到「穆旦」，沒有所謂師承關係，也較少文字層面的直接指涉，需要把筆伸進那些細微、狹窄的文字縫隙，穿越那些隱秘的文學隧道，方能照亮黑暗，窺見那些博大精深的心靈世界。因此可以說，穆旦與魯迅的「相遇」，固然受到了某些具體的歷史條件、某種相似的社會文化語境的觸發；但正如本文所選擇的路徑所顯示的，這種遇合，更多地、也更為持久地，乃是一種精神或心靈的遇合。

廓大來看，也不妨說，正因為少有文字（實證）層面的線索，精神的傳承顯示出了相當的強度，足可見出以魯迅文學遺產為核心的新文學傳統已經內化為寫作者的精神資源，這無疑即是新文學傳統的核心價值與精神魅力所在。現今學界在強調新文學傳統的時候，多強調清晰的、宏大的、社會性與譜系性的一面；那些隱秘的、混沌的、充滿精神張力的方面則往往被有意無意壓制下去。這固然容易取得一時之效，但往往也容易陷入問題隨語境遷移而失效的尷尬境地。因此，由「魯迅—穆旦」的精神傳承的命題來透視新文學傳統，這裡更願意強調那些隱秘的、細微的、富於精神內涵與個人品性的因素所具有的特殊魅力與效應——惟其如此，所謂新文學傳統才是一個富有精神張力、充滿精神活力的傳統，而那些具有個人興味的寫作才能獲得更為廣闊的生長空間。

第三輯

　　詩人的愛情故事，歷來都會是一個或隱或顯的話題。外表清俊、才華出眾的穆旦在青年時代自然不乏愛情故事，其筆下關於青春與愛情的寫作也不算少，從中可以見出，在不同的時間、不同的地域，愛情的體驗（其中有著比較強烈的挫折感）都糾纏著他，從傳記批評的角度看，其中一些章節無疑都應該有一個未出場的女主角。但穆旦的獨特之處在於，落實在寫作，「女主角」卻始終被隱匿起來──穆旦與某個「女郎」（「女友」）之間可能具有的關係被隱匿起來，他所遭遇或者所幻想的愛情故事並沒有真正顯形，以至於在很長一段時間之內，讀者對於他的此類故事並不熟知。

　　此處討論選擇了兩個較為獨異的角度，一是從知名度很高的《春》的不同版本和異文入手，一是結合新版《穆旦詩文集》所披露的新材料展開，固然，由於切實的傳記資料的加入，相關經歷與人物關係的線索較之於此前自然是更為清晰，探討穆旦的愛情故事與寫作背景有了一些確鑿的因素，但就詩歌的寫法而言，它們進一步強化了穆旦愛情詩寫作的意義，那就是對於更為普遍意義上的青春、愛情和成長的書寫。這些詩篇本身足可越過傳記材料而散發出迷人的、持久的光芒。

被點燃、被隱匿的「青春」
——從異文角度讀解《春》及穆旦的詩歌特質

　　對一位寫作者而言，修改是一種非常常見的行為。如前所述，現代中國作家之中，詩人穆旦是非常勤於修改的一位。修改往往能為認識作家的寫作行為提供新的維度。穆旦的修改行為基本上發生在 1940 年代，而並不是新中國成立之後——並不具備時代典型性。相關修改行為所激活的主要也就並不是時代語境方面的諸多話題，而是更多地凸顯出穆旦的個人經驗、詩學視域等方面的動向。透視這種動向，實際上也能歸結出穆旦詩歌寫作的某些特質。

異文：解讀新路徑

　　1942 年 2 月，穆旦寫下了一首 12 行的短詩《春》——「春」是「春天」的「春」，也是「青春」的「春」：

> 綠色的火焰在草上搖曳，
> 他渴求著擁抱你，花朵。
> 一團花朵掙出了土地，
> 當暖風吹來煩惱，或者歡樂。
> 如果你是女郎，把臉仰起，
> 看你鮮紅的欲望多麼美麗。

藍天下，為關緊的世界迷惑著

是一株廿歲的燃燒的肉體，

一如那泥土做成的鳥底歌，

你們是火焰捲曲又捲曲。

呵光，影，聲，色，現在已經赤裸，

痛苦著；等待伸入新的組合。

從一般意義上看，穆旦同時代人鄭敏的評價是恰切的：

青春對詩人的誘惑是異常強烈的。綠茵因此也能吐出火焰，在春天裏滿園是美麗的欲望，20歲的肉體要突破緊閉，只有反抗土地的花朵才能開在地上。矛盾是生命的表現，因此青春是痛苦和幸福的矛盾的結合。在這個階段強烈的肉體敏感是幸福也是痛苦，哭和笑在片刻裏轉化。穆旦的愛情詩最直接地傳達了這種感覺：愛的痛苦，愛的幸福。〔註1〕

《春》現已被公認為是穆旦的代表作之一，被選入了各種選本之中，相關評論自是多有出現。在穆旦詩歌修改的譜冊之中，《春》的被關注度也是較高的。〔註2〕前面所錄用的為1942年5月26日《貴州日報·革命軍詩刊》第9期所刊，是目前所見的初刊本──敏銳的讀者可能已經發現了不少重要的異文。1947年3月，此詩再次發表於天津版《大公報·星期文藝》，此即目前所見的再刊本；後又收入穆旦本人編訂的詩集《穆旦詩集》，這個詩集本可視為定本，穆旦稍後編訂但未能出版的一本詩集〔註3〕，已基本無異文。現行穆旦詩歌最為通行的版本《穆旦詩文集》所採信的也是這個版本。

初刊本、再刊本與詩集本之間多有異文。比照之，異文包括標點、字詞，也包括整個詩行。如下所標記的即是再刊本、詩集本與前述初刊本的主要異文之所在：

〔註1〕鄭敏：《詩人與矛盾》，杜運燮等編：《一個民族已經起來》，南京：江蘇人民出版社，1987年，第33頁。

〔註2〕主要討論有姚丹：《「第三條抒情的路」──新發現的幾篇穆旦詩文》，《中國現代文學研究叢刊》，1999年第3期；李章斌：《〈《丘特切夫詩選》譯後記〉與穆旦詩歌的隱喻》，《南京理工大學學報》，2009年第4期；李章斌：《現行幾種穆旦作品集的出處與版本問題》，《中山大學學報》，2009年第5期，等等。

〔註3〕穆旦著、查明傳等編：《穆旦自選詩集》，天津：天津人民出版社，2010年。

再刊本	詩集本
綠色的火焰在草上搖曳， 它渴求著擁抱你，花朵。 <u>反抗著土地，花朵伸出來</u>， 當暖風吹來煩惱，或者<u>快樂</u>。 如果你<u>寂寞了，推開窗子</u>， 看<u>這</u>滿園的欲望多麼美麗。 藍天下，為<u>永遠</u>的謎迷惑著 是<u>人們</u>二十歲的緊閉的肉體， 一如那泥土做成的鳥的歌， <u>你們燃燒著</u>，<u>卻無處歸依</u>。 呵、光、影、聲、色、<u>都</u>已經赤裸， 痛苦著，等待伸入新的組合。	綠色的火焰在草上搖曳， 他渴求著擁抱你，花朵。 <u>反抗著土地，花朵伸出來</u>， 當暖風吹來煩惱，或者歡樂。 如果你<u>是醒了，推開窗子</u>， 看<u>這</u>滿園的欲望多麼美麗。 藍天下，為<u>永遠</u>的謎迷惑著 是<u>我們</u>二十歲的緊閉的肉體， 一如那泥土做成的鳥<u>的</u>歌， <u>你們被點燃</u>，<u>卻無處歸依</u>。 呵，光，影，聲，色，<u>都</u>已經赤裸， 痛苦著，等待伸入新的組合。

從表象看，不同版本有數年的時間間距，可見青春的情緒——如「火焰」「欲望」「肉體」「痛苦」等詞彙所示，一直在穆旦的內心湧動。也不妨說，穆旦一直在尋找合適的語言來表達關於青春的情緒。從修改的角度看，一些核心詞彙的變更顯示了詩人對於詩歌與現實關係的調整，而修改本身也可能包含了詩人對於現實的某種隱匿——考察異文及相關詞彙，不僅可說是進入《春》的一條新的路徑，也可藉此窺見穆旦詩歌的某些特質。

從「女郎」到「你」：視線的移換

《春》之初刊本的核心詞彙是：「女郎」—「鮮紅」—「一株」—「燃燒」，這近於一種實寫，看起來像是針對某一個具體的對象（「女郎」），若此，則也可以認為《春》的最初寫作可能和現實之中的一次戀情有關——隨後討論將顯示，詩人的愛情故事，多少總會是一個話題。

稍後的兩個版本，再刊本和詩集本，也有差異，但大致上可說是同一視線之下的細微變動。何謂同一視線呢？是因為在稍後的這兩個版本裏，「一團花朵掙出了土地」都改為了「反抗著土地，花朵伸出來」——「掙出了」與「伸出來」有著細微的情態差別，「反抗著土地」，則是平添了幾分文化的內涵。「女郎」也消失了，取而代之的是一個普泛意義上的「你」，「鮮紅」則隨之移換為「滿園」。大致而言，這一修改意味著視線的移換：從「女郎」的視線看，是一種對於青春的肯定——在相當程度上，也可以說是一種對於

自我的發見或認定,《我歌頌肉體》中有一個說法:

> 我歌頌那被壓迫的,和被蹂躪的,
>
> 有些人的吝嗇和有些人的浪費:
>
> 那和神一樣高,和蛆一樣低的肉體。
>
> 我們從來沒有觸到它,
>
> 我們畏懼它而且給它封以一種律條,
>
> 但它原是自由的和那遠山的花一樣,豐富如同
>
> 蘊藏的煤一樣,把平凡的輪廓露在外面,
>
> 它原是一顆種子而不是我們的掩蔽。〔註4〕

循此,「看你鮮紅的欲望多麼美麗」,也就是以一種驕傲的語氣在肯定自己,「欲望」不僅存在,而且有著「鮮紅」的顏色,是「美麗」的,是「一顆種子」,已經「掙出了土地」,這般青春喜悅是值得正面書寫的、值得「歌頌」的事實。

「滿園的欲望」呢?雖然也「美麗」而奪目,但從「你鮮紅的」到「這滿園的」這一視線轉移,青春的熱力卻是呈削弱之勢。不嫌比附,「滿園的欲望」就如同《牡丹亭》的經典辭句所唱的:「原來姹紫嫣紅開遍,似這般都付與斷井頹垣。良辰美景奈何天,賞心樂事誰家院!朝飛暮捲,雲霞翠軒;雨絲風片,煙波畫船──錦屏人忒看的這韶光賤!」〔註5〕青春「欲望」似乎並不是內在的,不是有著自覺的內在感知,而是被「姹紫嫣紅」的滿園美景所激發出來的,美好韶光,不能辜負啊。這種主觀的發見與外在的激發之間終究還是有所差別的。

從詞彙的選用來看,《春》之再刊本裏的「寂寞」與「欲望」的搭配,《穆旦詩集》版裏「醒了」與「欲望」的搭配,似乎都顯得不夠貼切,前者有點輕浮(「欲望」源自「寂寞」),後者則略顯慵懶──若以「花朵」作喻,那都可說是以一種外在的視線在觀看,而不是青春花朵的綻開或怒放,都缺乏一重內在的力量。

而從詩歌的空間感來看,「把臉仰起」和「推開窗子」也意味著主體處於

〔註4〕刊載於天津版《益世報·文學週刊》第 67 期,1947 年 11 月 22 日。

〔註5〕湯顯祖著,徐朔方、楊笑梅校注:《牡丹亭》,北京:人民文學出版社,1998 年,第 53～54 頁。

不同的位置，不同的空間層次──不同的生命關係之中：「推開窗子」意味著人物處於室內，是一種由內向外式的觀望或遠眺，它標識了人與物的距離；「把臉仰起」則是一種近距離的、沒有阻隔的、直接的仰望，它與「藍天下」的、「掙出了土地」的「花朵」處於同一水平層次，這樣的層次建構直接外化了青春、生命與欲望之間的同構關係：「花朵」並非「青春」的陪襯，它本身就是「青春」！

由個人經驗的表述到青春本身的書寫

要言之，經由修改，第一節的視線發生了重要的轉移，個人經驗的表述逐步讓位於青春本身的書寫。第二節中，修改繼續進行。前兩行的修改主要涉及三處：

> 「關緊的世界」與「永遠的謎」
>
> 「一株」─「人們」／「我們」
>
> 「燃燒」與「緊閉」

「一株」仍然關涉著某個具體的存在，對象被物化；「人們」看起來則仍像是那種普泛式寫法的延續；「我們」呢，這個第一人稱稱謂試圖拉近作者和讀者的距離，並給出了一種青春的承諾：這裡所描繪的，不是某一個具體的人，不是他人，而是「我們」自己，是每一個青春年少的人，是「青春」本身。

「燃燒」呢？《春》之初刊本裏躍動著的這個詞也出現在同期所作的《詩》（後改題為《詩八首》／《詩八章》）的開頭──

> 你底眼睛看見這一場火災，
>
> 你看不見我，雖然我為你點燃；
>
> 唉，那燃燒著的不過是成熟的年代，
>
> 你底，我底。我們相隔如重山！〔註6〕

「相隔如重山」標識了「我們」之間的距離，「那燃燒著的不過是成熟的年代」與「燃燒的肉體」「為關緊的世界迷惑著」大抵也相類似，這種直接的、對照式的寫法，再一次外化了《我歌頌肉體》裏所書寫的肉體被蔑視的命運。在後兩個版本之中，「燃燒的肉體」移換為「緊閉的肉體」，「關緊的世界」移換為「永遠的謎」，結合前一行的變化來看，這大致仍是從具體到抽象的路數──也可以說是顯示了詩人視域的擴大，即從個人經驗而衍

─────────────

〔註6〕刊載於《文聚》第1卷第3期，1942年6月10日。

化為對於青春和肉體本身的拷問與書寫。

最後四行也有一些修改，但詩歌內核看起來並沒有發生變化。內核是什麼？自然是「青春的痛苦」！那又是何種意義上的「青春的痛苦」呢？

> 一如那泥土做成的鳥底歌，
>
> 你們是火焰捲曲又捲曲。
>
> 呵光，影，聲，色，現在已經赤裸，
>
> 痛苦著；等待伸入新的組合。

「那泥土做成的鳥底歌」無疑是一個比喻的說法，「鳥」在穆旦詩歌之中多有出現，一些相通的用法如《玫瑰的故事》中有「她年輕，美麗，有如春天的鳥／她黃鶯般的喉嚨會給我歌唱」〔註7〕；1948年4月所作《詩》中有「當春天的花和春天的鳥／還在傳遞我們的情話綿綿」〔註8〕；及到1976年的另一首《春》之中，亦有「春天的花和鳥，又在我眼前喧鬧」〔註9〕。這些句子基本上都是「春天」和「鳥」連用，顯示了「春天」和「鳥」的某種同構關係。此外，《自然底夢》（1942）之中也有句「鳥底歌，水底歌，正綿綿地回憶」〔註10〕，標出「回憶」，無疑也外化了「鳥」之於心靈的效應，即對於「鳥底歌」的回憶。

那何以又是「泥土做成的」呢？「泥土」在穆旦詩歌中也是多有出現，大多數用的是本義，但也有一些卓特的用法，如《潮汐》中有「是在自己的廢墟上，以卑賤的泥土，／他們匍匐著豎起了異教的神」〔註11〕；《線上》中有「八小時離開了陽光和泥土」〔註12〕；《誕辰有作》（後改題為《三十誕辰有感》）之中也有被較多引述的詩行：

> 在過去和未來死寂的黑暗間，以危險的
>
> 現在，舉起了泥土，思想，和榮耀，
>
> 你和我，和這可憎的一切的分野，〔註13〕

〔註7〕刊載於《清華週刊》，第45卷第12期，1937年1月25日（署名慕旦）。

〔註8〕刊載於《中國新詩》第4集《生命被審判》，1948年9月。

〔註9〕刊載於《詩刊》，1980年第2期。

〔註10〕刊載於馮至等著：《文聚叢刊》第1卷第5、6期合刊《一棵老樹》，1943年6月。

〔註11〕刊載於《貴州日報·革命軍詩刊》第6期，1941年11月27日。

〔註12〕刊載於《文聚》第2卷第3期，1945年6月。

〔註13〕刊載於天津版《大公報·星期文藝》第38期，1947年6月29日。

　　「泥土」被充滿主觀興味的詞彙加以修飾，與「陽光」、「思想」等詞彙並列，這都顯示了「泥土」被賦予了某種思想的特性。以此來看，「一如那泥土做成的鳥的歌」並非一個輕浮的說法，而是循著「綠色的火焰」、「花朵」，繼續取喻於「泥土」、「鳥」這般自然風物，以突出青春生命的自然本性。

　　接下來，從「你們是火焰捲曲又捲曲」到「你們燃燒著（被點燃）卻無處歸依」，前者近於一種比喻修辭，「捲曲又捲曲」，仍是包含了帶有肉慾色彩的私性經驗；後兩者則是著意強化了一種生命狀態。什麼樣的生命狀態呢？「燃燒著」／「被點燃」仍可說是自然本性，是生命的勃發；但「無處歸依」意味著阻遏，即所謂「性別」、「思想」一類社會與文化的屬性依然緊緊地壓在「肉體」之上，或如後來的《我歌頌肉體》所寫──

　　　　性別是我們給它的僵死的符咒，

　　　　那麼制著它的是它的敵人：思想，〔註14〕

　　「青春」或「肉體」或「欲望」依然是「卑賤」的，是不可言說的。若具體到個人，則成為了靈與肉的一場交戰。

　　再往下，不說「肉體」已經赤裸，而是說「呵，光，影，聲，色，都已經赤裸」，這是再一次對「自然」本性或者說感官效應的藉重，避免與前文的「肉體」重複，卻也可能是出於某種文化上的考慮，即避免「肉體赤裸」這一表述所帶有的敏感或爭議。

　　「痛苦著，等待伸入新的組合」，或許是全詩最難理解的一句，「痛苦」是顯在的，那「新的組合」之「新」又是從哪裏來的呢？而且還是「組合」？若前面的思路大致合乎情理的話，那麼，這最末一句所表達的也就是一種期待：打破舊有的關於肉體的種種偏見，而確立一種全新的生命模式。「春」已「降臨」，勇敢地面對「肉體」（的誘惑），也就是勇敢地面對自我。

自我隱匿或主體分裂：穆旦詩歌的重要特質

　　經由這般細緻剝索，《春》的修改軌跡大致是循著一條從具體到抽象的路數，個人的經驗色彩逐漸減弱，詩學與文化的視域則得以強化，「青春」本身的痛苦由此也更加凸顯。但從傳記角度看，穆旦與某個「女郎」（「女友」

〔註14〕刊載於天津版《益世報・文學週刊》第 67 期，1947 年 11 月 22 日。

〔註 15〕）可能具有的關係則被隱匿起來，而穆旦所遭遇或者所幻想的愛情故事始終並沒有真正顯形。詩人的愛情故事，歷來都會是一個或隱或顯的話題。外表清俊、才華出眾的穆旦在青年時代自然也不乏愛情故事，只是很長一段時間之內並不大為人所熟知罷了。〔註 16〕而剝索穆旦其他涉及到愛情的詩篇，如《玫瑰的故事》《詩》（《詩八首》/《詩八首》）《記憶底都城》《重慶居》（後改題為《流吧，長江的水》）《風沙行》《我歌頌肉體》〔註 17〕《詩》（1948 年）等等，那種理性的思考與肉體的感覺，看起來非親身經歷者是無法寫出來的。從傳記批評的角度看，其中一些章節無疑都應該有一個未出場的女主角。從個人行蹤看，寫《詩》（《詩八首》）時，穆旦應是在昆明；《記憶底都城》完成之時，穆旦應是在印度；《重慶居》的背景則應如題目所示，是在重慶。看起來，在不同的地域，愛情的體驗（其中有著比較強烈的挫折感）都糾纏著穆旦，落實在寫作，「女主角」卻始終被隱匿起來──隱匿對象實際上也就是隱匿自我，穆旦顯然無意於讓一般讀者窺見其情感世界，所謂「用理性給自己搭了一個高臺」，「並不迴避一切，但是又從來不把自己交出來」。〔註 18〕

　　穆旦晚年在談到《詩八首》時曾說：「那是寫在我二十三四歲的時期，那裡也充滿愛情的絕望之感。什麼事情都有它的時期，過了那個時期，迫切感就消失了。」〔註 19〕好事者自然希望從這種充滿「迫切感」的詩句之中掘出「背後的隱情」〔註 20〕或「隱秘的情人」〔註 21〕，但無論是詩歌中的暗示，

〔註 15〕穆旦本人在新中國成立之後所寫的多篇交待材料中，在提及女性朋友時，多直接用「女友」一詞。

〔註 16〕易彬：《穆旦評傳》，南京：南京大學出版社，2012 年，第 250～269 頁。

〔註 17〕初看之下，《我歌頌肉體》似難說是一首愛情詩，但如順著《春》的思路來看，其中應該也是收鎔鑄了愛情或肉體的體驗。

〔註 18〕殷國明：《中國現代文學流派發展史》，廣州：廣東高等教育出版社，1989 年，第 528 頁。按：從 1980 年代的這段文字可以看出，在比較早的時候，評論者就已注意到了穆旦詩歌的這一特點。

〔註 19〕穆旦：《致郭保衛》（1975 年 9 月 9 日），《穆旦詩文集‧2》（第 3 版），第 215 頁。

〔註 20〕高波認為「隱情」和蕭珊有關，見《穆旦〈詩八章〉後的「隱情」》，《楚雄師範學院學報》，2007 年第 7 期。

〔註 21〕關於穆旦詩歌中的愛情故事，近期討論有林建剛的《穆旦情詩中的隱秘情人》（「騰訊‧大家專欄」，2015 年 11 月 25 日），主要依據是本人所作《穆旦年譜》或《穆旦評傳》所引南開大學檔案館所藏查良錚檔案以及穆旦友人口述，

還是現實中的傳記材料，確實都過於單薄，無法建構出一條明晰的、確切的線索。因此不妨說，這種「隱匿」乃是穆旦愛情詩的基本特質之所在——上述穆旦的所謂愛情詩，是冷靜的、思辨的，而非浪漫的、熱烈的，即如論者對於《春》的評價：「詩思不是外向投射型而是反思式的內斂，也沒有把未來當做現實進行膚淺的謳歌而是感受生命的幽晦、複雜和矛盾」，「褪盡柔弱浮泛的字眼而代之以硬朗的日常口語，傳達出深刻的哲思，抽象中有肉感，情緒中有思辨。」〔註22〕

　　廓大來看，也並非僅僅是愛情詩，在穆旦的整體寫作之中，自我的「隱匿」始終是一個非常突出的現象。一般性的寫作姑且不論，那些明顯帶有個人經驗色彩與生存體驗的詩篇，無論是較早時候以「遷徙經歷」為背景的詩篇如《出發——三千里步行之一》《原野上走路——三千里步行之二》《中國在哪裏》《讚美》等，還是關於戰爭經歷、特別是緬甸戰場的生死經歷的詩篇如《隱現》《森林之歌——祭野人山死難的兵士》（後改題為《森林之魅——祭胡康河谷上的白骨》）等，抑或是 1940 年代後期書寫「飢餓的中國」的詩篇如《時感》《飢餓的中國》《我想要走》《誕辰有作》等，幾乎無不具有自我隱匿的特質——更確切地說，是五四新詩中「以理想主義和樂觀主義為特徵」、帶有「浪漫主義的文化英雄」色彩的「自我」的隱匿，取而代之的是一個身處 1940 年代這樣一個「分裂的時代」「陷於歷史性的自我分裂狀態」的主體。這種穆旦詩歌中「自我」的討論自然早已不是新的話題〔註23〕，而且，在今日學界看來，這種「主體的歷史分裂」以及其在語言、文類等層面探索與表現，所顯示的是中國現代主義詩潮發展到 1940 年代以來的新趨向〔註24〕，但由多有異文的《春》引出來，進而擴展到傳記形象、寫作主體、詩歌特質等不同側面，正顯示了穆旦詩歌文本所具有的多重效應。

　　　　其摘要為：「穆旦與曾淑昭，兩個曾經相愛的人最終勞燕分飛，一個娶妻周與良，一個嫁夫胡祖望，一個留在大陸，一個遠赴美國。」
〔註22〕張松建：《現代詩的再出發：中國四十年代現代主義詩潮新探》，北京：北京大學出版社，2009 年，第 119～120 頁。
〔註23〕最初的討論見梁秉鈞《穆旦與現代的「我」》，杜運燮等編：《一個民族已經起來》，南京：江蘇人民出版社，1987 年，第 43～54 頁。
〔註24〕張松建：《現代詩的再出發：中國四十年代現代主義詩潮新探》，北京：北京大學出版社，2009 年，第 96～129 頁。

穆旦的「愛情」與愛情詩的寫作
——從新見穆旦與曾淑昭的材料說起

　　2018 年是詩人、翻譯家穆旦（查良錚）誕辰一百年週年，各類活動紛
沓而至。文獻出版方面最重要的成果當屬人文版《穆旦詩文集》暨 2006 年、
2014 年之後，推出了第 3 版，其扉頁明確標識了「紀念穆旦（查良錚）百
年誕辰」。第 3 版詩文集補入了若干新材料，其中最大的亮點當屬 1940 年
代中段穆旦與曾淑昭相關的多種材料的補入。這一方面是因為 1940 年代保
留下來的穆旦材料相當稀見，此前僅存書信 1 封，新增書信有助於進一步
明確穆旦的一些生平事實，新增詩歌能進一步豐富穆旦的寫作局勢，而新
見詩歌手稿所涉及的異文也具有文獻學的意義〔註1〕；另一方面——也可能
是更奪人眼目的方面，曾淑昭作為穆旦「女友」的形象於此有了更為明晰的
展現，相關材料顯然有著更多的話題意義。基於此，本篇將細緻梳爬穆旦與
曾淑昭的相關資料，亦將以此為基點進一步探討穆旦愛情詩的寫作。

「放在你這裡可靠，將來見面時再給我」

　　此前，關於「穆旦與曾淑昭」僅有一些非常零散的訊息，穆旦本人、友
人都曾有過非常簡略的談論，亦有過少許研究。《穆旦詩文集》的編選者李
方先生在修訂後的《穆旦（查良錚）年譜》中交代了曾淑昭相關材料的發掘
過程：「穆旦（查良錚）長子查英傳美國多次與曾淑昭聯繫，並獲得其珍藏

〔註 1〕因為討論主題和篇幅方面的限制，文獻學方面的話題本文只是簡單涉及，不
　　　　作細緻討論。

六十餘年的穆旦詩作、信箋手跡和照片等珍貴文獻。」詩文集採信了 2014年查英傳所作的曾淑昭口述材料──其中有一個特別有意味的細節：「1945年 9 月，查由昆明到重慶，在回北平前將一些照片和詩信手稿留給曾，說『放在你這裡可靠，將來見面時再給我』。1947 年曾託中航出差到瀋陽的同事親手將照片、詩信交還查，但因當時查不在瀋陽，結果把裝有照片、詩信的大信封帶回給曾。」〔註 2〕鑒於穆旦當時的材料日後基本上都已湮滅無聞，如果當初這批材料成功送達穆旦手裏，今日讀者斷無緣窺見。第 3 版詩文集對曾淑昭的早期情況也有簡介：

> 曾淑昭（英文名為瑪格麗 Margaret）：1923 年 2 月 10 日生於南京。1939 年至 1943 年就讀於抗戰時搬遷到重慶的金陵女子大學英文系。1943 年 11 月任職於中國航空公司重慶辦事處；1944 年 6 月至 1945 年 3 月派駐中航印度加爾各答辦事處，1946 年至 1949 年 5月派駐中航上海辦事處。其後，旅居臺灣、美國。〔註3〕

1944 年 2 月至次年 5 月，穆旦在重慶中國航空公司任職，其與曾淑昭的交往即源自此。查英傳所採集的曾淑昭口述提到：

> 查良錚 1944 年 2 月開始在中國航空公司昆明辦事處任職員至1945 年 5 月。其中 1944 年 3 月至 5 月在中航重慶辦事處幫忙。重慶辦事處男職員住在面對嘉陵江的半山腰宿舍。曾淑昭 1943 年重慶金陵女子大學英文系畢業，11 月開始在中國航空公司重慶辦事處任職員，與另外四位女士住在山頂上粉紅色小洋房（時稱 PinkHouse），自己開夥，條件比男職員宿舍好……查常被邀到山頂宿舍吃飯，然後與曾一起走下三百階臺階，在長江上游嘉陵江邊散步。談論最多的是共同有興趣的英美文學，和 19 世紀浪漫派詩人拜倫、雪萊和濟慈的詩，沒有談中國詩。兩人對詩欣賞一致。查於 1944 年5 月被調回昆明，曾 1944 年 6 月被調到印度。後來信很多，多數談生活和經歷，不談文學。中航郵件當天到，不用郵局。那段時間查寫好的詩馬上寄給曾看，包括當時用詩名《給瑪格麗》、《詩》、《海戀》、《聖者甘地》，後用詩名《流吧，長江的水》和《風沙行》、《贈

〔註 2〕李方：《穆旦（查良錚）年譜》，穆旦：《穆旦詩文集·2》（第 3 版），第 386～387 頁。

〔註 3〕穆旦：《穆旦詩文集·2》（第 3 版），第 153 頁。

別》、《給 M——》的作品。查 1945 年 5 月 3 日至 5 月 30 日寫的詩都在重慶寫出。〔註4〕

穆旦本人對於曾淑昭的談論，見於其 1950 年代中期所作交待材料。其中《歷史思想自傳》（1955 年 10 月）寫到：進入中航公司後，「實習約半月，便被派往昆明辦事處工作，管理客運及英文電報起草工作。在昆明約一月，發現該處人員聯合售賣黑票，便將此事寫信報告給總經理（李吉辰），不意此信為秘書折閱，即密告昆明辦事處的人們，因此十分被他們歧視，便想辭職，並將此意函告重慶辦事處一女友（曾淑昭），她當即去見總經理面述此事，總經理於是把我調到重慶總公司，在人事科工作」；「人事科長為李希賢，科員有二人」。

以此來看，穆旦進入中航公司初期即曾遭遇人事糾葛，比穆旦更早進入公司的曾淑昭協助處理了此事。類似內容，亦可見於穆旦自述《我的歷史問題的交代》（1956 年 4 月 24 日）〔註5〕，表述則略有變化，「女友」變為「女同事」：「便將此意函告重慶一位女同事（是在兩星期的實習期間認識的）。」也是此一則交待材料之中，曾淑昭等中航同事被列入重慶生活時期的「其他的社會關係」之中——前一則材料在歸結此一時期的社會關係時，並沒有曾淑昭的名字。

還可一提的是，對照穆旦的《我的歷史問題的交代》，曾淑昭口述所提及的時間點有所出入：所敘穆旦在中航公司任職時間是一致的，即 1944 年 2 月至 1945 年 5 月。穆旦的自述是：「這一段落的生活，除在昆明及貴陽短期外，整個是在重慶過的」，最後兩個月，「調至貴陽辦事處工作，那裡新開闢航線，每兩星期一次班機，在那裡管理寫電報及客運。」其中沒有從昆明調回重慶之後「於 1944 年 5 月被調回昆明」的記錄。1945 年 5 月之後，穆旦「正式向中航公司辭職，離重慶而去昆明。」看起來，曾淑昭所言有其實據：詩文集為相關詩歌所作注釋之中，明確標識了 1944 年 6 月、8 月的信與詩是寄自昆明。兩相比照，更像是穆旦的回憶出現了一些小的誤差。統觀穆旦寫於不同時期的多份交待材料，其中對於一些時間點的記載，可能會

〔註4〕 李方：《穆旦（查良錚）年譜》，穆旦：《穆旦詩文集·2》（第 3 版），第 387 頁。按：本篇所引相關介紹文字和穆旦書信，省略號處均非原有，而是省略了少量內容，特此說明。

〔註5〕 本書引述了較多的交待材料，相關表述有「交代」「交待」兩種不同的寫法，本書統一用作「交待」，但保留所引述材料中「交代」的寫法。

有一兩個月甚至幾個月的出入。在絕大多數情況下，這類誤差都難以找到其他材料來附證。現在看來，曾淑昭的相關材料不僅能補充、而且亦能修正穆旦年譜的相關條目。

「我幻想一種生活，我們快樂的過在一起」

曾淑昭的身份或許更為讀者所注意。穆旦所寫交待材料稱曾淑昭為「女同事」或「女友」——「女友」一詞，在其表述之中，應該並非特指女朋友，而就是指女性朋友。比如，《我的歷史問題的交代》在敘及《新報》時期的交往情況時，亦有「周與良，梁再冰（以上為女友）」之語。

但就一般的認識而言，其間已經被認為是包含了愛情的色彩。杜運燮、江瑞熙（羅寄一）、楊苡等友人的回憶（2002 年）曾經明確談到這一點：

> 杜：「瑪格麗」可能是穆旦當時的一個民航同事。這是穆旦詩歌
> 中唯一的女人的名字。《詩八首》的情緒非常不好，悲觀。可以將 40
> 年代穆旦的愛情作為一個切入點，勾沉一下。
>
> 江：「瑪格麗」是曾淑昭，當時金陵女子大學的學生。後來，與
> 胡適的兒子胡祖望結婚。
>
> 楊、江：和朱鳳儔、俞維德的關係也很好。俞後來為羅宗明之
> 妻，羅宗明是我們的同班同學，廣東人，生活洋派。現已故。
>
> 楊：穆旦寫信給我時曾談到當時的戀愛失敗。我和江夫人曾給
> 他數，究竟愛過幾個，也沒數清。「瑪格麗」可能並不一定代表一個
> 女人，而且這些並不重要。因為有的很短暫。穆旦早年有過多次戀
> 愛經歷，但他絕不是唐璜式的人物。他是得不到。〔註6〕

這裡涉及穆旦的一些戀愛經歷，江瑞熙更是挑明了曾淑昭就讀於金陵大學及後來嫁給胡適長子胡祖望的事實，可見一些朋友對此多少還是知情的。實際上，將「曾淑昭」輸入讀秀學術搜索，所得出的數十條內容基本上都與其「胡適兒媳」的身份相關，可見這也並非什麼秘密，只是不在一般人的關注範圍之內而已。對於「穆旦的朋友都不怎麼談他的愛情，是不是在有意識迴避？」這一問題，楊苡的回答是：「朋友們不是在迴避，是因為朋友們也不瞭解具體情況。穆旦是一個內向的人，他很少和人談起他的戀愛。初戀對他

〔註6〕易彬：《「他非常渴望安定的生活」——同學四人談穆旦》，《新詩評論》，2006
年第 2 輯，北京：北京大學出版社，2006 年，第 235 頁。

的影響非常大，包括對他的性格影響。」〔註7〕後出的研究者，也有的根據這些材料坐實了穆旦與曾淑昭的戀愛關係。〔註8〕

客觀而言，此前的材料，包括先後發掘的友人回憶、穆旦本人自述等材料在內，終歸還是比較單薄，尚無法建立起明晰的線索，第 3 版詩文集新增曾淑昭的相關資料則顯然有助於推進這種判斷。如下為新增書信、詩歌、圖片和注釋方面的信息：

（1）照片一張，為 1942 年 10 月參加中國遠征軍期間、攝於印度加爾各答的戎裝照。據稱，這是「穆旦捨棄西南聯大外文系教席而投筆從戎的唯一一張戎裝照片（此類著國軍軍裝的照片在歷次政治運動中已化為灰燼），也是抗戰勝利後的 1945 年秋冬之際，穆旦與曾淑昭在重慶離別之時相贈的紀念物」。〔註9〕

（2）書信兩封，為 1945 年 4 月 10 日、1947 年 3 月 18 日。

（3）詩歌兩首，即 *To Margaret* 和《贈別》，並附有注釋：

To Margaret：「此詩係作者 1944 年 8 月自昆明寄至加爾各答曾淑昭女士的組詩『To Margaret』（共六首）之『二』，其中之『一』為《春》，之『二』為新發現的這首軼詩，之『三』為《詩八首》之六，之『四』為《詩八首》之七，之『五』為《詩八首》之八，之『六』為《自然底夢》。組詩前題有英文（The same feeling repeated），組詩後署寫作時間『七月』。」

《贈別》：「這是係作者 1945 年 6 月 7 日自昆明抄寄重慶曾淑昭。」

（4）相關手稿圖片，有詩歌 *To Margaret*、《聖者甘地》。

（5）另為相關詩歌新增注釋 5 條：

《海戀》：「本詩 1945 年 4 月 5 日寫成後，穆旦由昆明經中國航空公司寄給中航重慶辦事處的曾淑昭，並附信：『淑昭：想著你鼓勵的話，昨夜天很冷，坐在燈下寫了一首詩。我們既然都很憂鬱，而且又嚮往於海，我想你也許會喜歡它。我希望你看了我其中的反覆辯論，可以減少一點零亂沉滯的心情。』」

〔註7〕易彬：《「他非常渴望安定的生活」——同學四人談穆旦》，《新詩評論》，2006 年第 2 輯，第 235 頁。楊苡所稱「初戀」故事，為清華大學和長沙臨時大學時期的事情。

〔註8〕參見林建剛：《穆旦情詩中的隱秘情人》，「騰訊·大家專欄」，2015 年 11 月 25 日。

〔註9〕李方：《穆旦佚詩信箋考訂》，《新文學史料》，2018 年第 4 期。

《贈別》：「1944 年 6 月 1 日，穆旦在昆明將此詩寄給中國航空公司重慶辦事處的曾淑昭。」

《寄──》：「穆旦 1944 年 8 月將本詩抄寄給在中國航空公司印度辦事處工作的曾淑昭，詩題為《詩》，詩後署寫作時間『七月』。」

《流吧，長江的水》：「1945 年 5 月 3 日，穆旦在重慶寫下此詩，原題《給 M──》。M 應是曾淑昭英文名 Margaret 的縮寫。在抄寄曾淑昭時，沒有署詩題和日期。」

《風沙行》：「1945 年 5 月 17 日寫於重慶，曾寄給曾淑昭。」

進一步看，第（5）類注釋之中所涉及的材料原件均未見披露；而如第（4）類所述，相關手稿有所披露，但只是其中的一部分，《新文學史料》2018 年第 4 期有穆旦研究專輯，即另附有詩歌《贈別》和 1947 年 3 月 18 日信的手稿圖片。第（3）類材料中，*To Margaret* 一詩雖有手稿圖片，但所提到的「1944 年 8 月」所寄材料，僅僅是詩稿還是另有書信，亦未可知。此外，穆旦亦曾將《裂紋》抄寫給曾淑昭（見 1947 年 3 月 18 日的信），詩文集未見注釋。以此來看，信息確有不少，但目前很可能還只是有限度地披露──而且，一如口述材料之中的「談論最多的是共同有興趣的英美文學」等語句所顯示，目前材料所設定的兩人交往關係主要是在文學興趣層面。

猜測歸猜測，一般的研究者自然也只能依據既有的材料來展開討論。先看新增的兩封穆旦書信，1945 年 4 月 10 日的信是自貴陽寄到重慶，穆旦寫到：

> 我還胡想些別的，你既然勸我有合適的小姐不要錯過，我想也該勸你有合適的 Boy 也不要錯過。你一回來就講那麼一句話，真叫人很不順心。我看，我們作為長久的朋友，倒很好；若要我伺候你一輩子脾氣，我仍是覺得很不合適的。
>
> ……我們反正總是不碰面的，假如我們一塊在草地河邊走走，談談，我想這就是人生的樂趣。可是上帝不允許！
>
> ……
>
> 我幻想一種生活，我們快樂的過在一起。我想這不會很難，或者很慢。

只要時機好一點，什麼都可以實現了。〔註10〕

以此推斷，穆旦與曾淑昭顯然一度有著比較親密的關係——至少在穆旦這裡，對於兩人的未來有過「胡想」或「幻想」。但看起來，年輕人當時謀生不易，受限於工作的調動和生活地的挪移（重慶／印度、貴陽／重慶，等等），兩人實際上也可說是聚少離多。前述曾淑昭口述所稱「信很多」，說的大抵就是兩人靠書信來維持聯繫。1945 年 9 月穆旦預備回北平之後約一年半時間，兩人斷了音訊往來，既未見面，也無書信。

1947 年 3 月 18 日的信是由撫順寄到上海的，信中稱是「一直不知你在什麼地方。接到李希賢兄來信和書，才知道你在上海，中航。」看起來，曾淑昭口述中提到的 1947 年「託中航出差到瀋陽的同事親手將照片、詩信交還查」一事應是發生在此之前，而李希賢該是曾淑昭所稱的「同事」，也即穆旦後來在交待材料中所提到的「人事科長」。

也是生命機緣的巧合，穆旦從李希賢信中獲知曾淑昭的消息的那一天，正是認識三週年之際，而且又逢自己的生日，自然是心生感慨。不過穆旦此時在東北辦報——已近而立之年、又飽經現實的磨礪，此信的文字已趨於平淡，似已沒有對於兩人未來的「幻想」，而更近於「對於一個老朋友」的「掛念」，更多務實的考慮：

> 呵，還想起一件事情來順便問你，我從前抄寫給你的幾首詩，你也許已經遺失了。如果仍在身邊的話，可否寄來《贈別》和《裂紋》，因為我已經遺失了這兩詩的大半，而現在正自印一本書，需要它們。〔註11〕

「正自印一本書」應該即是 1947 年 5 月自印於瀋陽的《穆旦詩集（一九三九～一九四五）》。在這部詩集之中，尚沒有《裂紋》，而只有《成熟（一）》《成熟（二）》，寫作時間署「一九四四，六月」——在 1948 年 2 月文化生活出版社的詩集《旗》中，兩詩合為一首，並改題《裂紋》，文字上亦有少許改動。〔註12〕曾淑昭是否寄來相關詩稿或另有回信，並無從判斷。同時，

〔註10〕穆旦：《穆旦詩文集·2》（第 3 版），第 153～154 頁。

〔註11〕穆旦：《穆旦詩文集·2》（第 3 版），第 155 頁。按：最新版詩文集所錄《裂紋》一詩，未見附注和曾淑昭相關的信息。

〔註12〕有近 20 首穆旦詩歌存在標題異動的現象，但《裂紋》一詩最為特殊：1947 年 3 月 18 日的此信中題作《裂紋》，再刊本（即《旗》，1948 年 2 月）題作《裂紋》，但初刊本（天津版《大公報·星期文藝》第 23 期，1947 年 3 月 16 月）、

穆旦曾公開發表一首《贈別》，並收入詩集；但從第 3 版詩文集來看，當時還另有一首《贈別》，且兩詩都曾抄送給曾淑昭。因此，信中所提到的《贈別》具體為哪首，亦不詳。

世事自然難料，穆旦在信中提到自己還沒有去過上海，但很快，1947 年底到 1949 年初，為了謀求未來的發展──1946 年，穆旦即以復員青年軍的名義在北平參加公自費留學考試，並經錄取獲得公費留學資格，因「青年軍公費久不發給」〔註13〕，穆旦即南下，在上海和南京等地生活了一年有餘，等待和尋找出國留學的機會。其時，相關照片、詩信手稿應該仍在曾淑昭手裏，而穆旦本人日後的交待材料在敘及此一時期的交往關係時，未再出現曾淑昭的名字，據此，期間兩人很可能是並無來往──再往下的聯繫或交往情況，更是無從得知了。〔註14〕

「瑪格麗就住在岸沿的高樓」

新增的 *To Margaret*、《贈別》以及原有的《聖者甘地》《海戀》《寄──》《流吧，長江的水》《風沙行》《贈別》《裂紋》等詩，從一般情形推斷，主角 Margaret／瑪格麗既能落實，相關旨向應是更為明晰。

這些詩中，《聖者甘地》《裂紋》是對於現實／政治主題的關注與表達。前者可見於前述 1945 年 4 月 10 日自貴陽寄到重慶的信中：「我在這裡真無事可做，連無聊的事都沒有。胡思亂想幫助寫詩，又寫了一首《甘地》，你剛自印度歸來的，看看怎末樣。」〔註15〕所抄即《甘地》一詩的前四節。後者未見相關信息的披露。

其餘各詩則均可說是或隱或顯地包含了愛情的主題。根據詩文集的相關注釋材料，《流吧，長江的水》原題《給 M──》，其初刊本亦題作《重慶居》

初版本（即《穆旦詩集》）以及 1948 年底左右大致編定的詩集（後以《穆旦自選詩集》之名出版）、通行本（即《穆旦詩文集》）均題作《成熟》，何以如此，暫不得其詳。

〔註13〕據南開大學檔案館所藏查良錚檔案之《我的歷史問題的交代》（1956 年 4 月 24 日）。

〔註14〕詩文集關於曾淑昭的資料顯示，其在中航上海辦事處任職至 1949 年 5 月。其他資料則顯示，1949 年 10 月 1 日，曾淑昭與胡適長子胡祖望在泰國曼完婚。而穆旦於 1949 年 2 月至 7 月在駐曼的聯合國糧農組織（FAO）東南亞辦事處工作半年。期間是否有過交集，目前亦不可知。

〔註15〕穆旦：《穆旦詩文集·2》（第 3 版），第 153 頁。按「胡思亂想幫助寫詩」不通，或有筆誤或整理誤。

（《詩地》第 1 期，1947 年 1 月 1 日）。這兩個題目均比《流吧，長江的水》
更具情感指向性：

> 流吧，長江的水，緩緩的流，
> 瑪格麗就住在岸沿的高樓，
> 她看著你，當春天尚未消逝，
> 流吧，長江的水，我的歌喉。
> ……
> 瑪格麗還要從樓窗外望，
> 那時她的心裏已很不同，
> 那時我們的日子全已忘記，
> 流吧，長江的水，緩緩的流。

愛情，時間，遺忘──「那時我們的日子全已忘記」，看起來是延續了
大學一年級時所作《玫瑰的故事》一詩的寫法與風格。當時，十八歲的穆旦
稱其為「一個大膽的嘗試」，「苦苦地改了又改」：「英國十九世紀散文家
L.P.Smith 有一篇小品 The Rose，文筆簡潔可愛，內容也非常雋永，使人百
讀不厭。故事既有不少的美麗處，所以竟採取了大部分織進這一篇詩裏，背
景也一仍原篇，以收異域及遠代的憧憬之趣。」在《流吧，長江的水》這一
更為普泛性的詩題之下，青春與戀愛（假設它存在）被放置在一個回憶性的
視角，青春的肉感與激情（假設它存在）最終化為一種「老人的熱情」，恰
如《玫瑰的故事》一詩的末節所寫：「只有庭院的玫瑰在繁茂地滋長，／
年年的六月裏它鮮豔的苞蕾怒放。／好像那新芽裏仍燃燒著老人的熱情，／
濃密的葉子裏也勃動著老人的青春。」〔註16〕

《風沙行》裏，「愛嬌的是瑪格麗的身體，／更為雅致的是她那小小的
居處」，與曾淑昭口述之中提到的住處「山頂上粉紅色小洋房（時稱 Pink
House）」似相契合，但全詩看起來也是全無現時性的筆觸，「男兒的雄心伸
向遠方，／但瑪格麗卻常在我的心頭。」「急馳的馬兒」曾經帶著男兒「飛
速的奔向更飛速的歡樂」，「如今卻在蒼茫的大野停留」，「只有和風沙相戀」。
最終，詩歌又構設了一重時間的視角：「雖然年青的日子已經去遠，／但瑪格
麗卻常在我的心頭。」

《流吧，長江的水》《風沙行》這兩首直接出現了「瑪格麗」名字的詩篇，

〔註16〕穆旦：《玫瑰的故事》，《清華週刊》，第 45 卷第 12 期，1937 年 1 月 25 日。

均帶有某種謠曲的色調。兩位外文系畢業的年輕人之間的這般傳遞，在某種程度上也印證了曾淑昭的口述，即「兩人對詩欣賞一致」，「談論最多的是共同有興趣的英美文學，和 19 世紀浪漫派詩人拜倫、雪萊和濟慈的詩」。論者認為「瑪格麗」這一稱謂是從英國詩人霍甫金斯（G. M. Hopkins，1844～1889）的詩歌《春與秋》（Spring and Fall）中的 Margaret 挪移過來的，當年燕卜蓀講課的時候，就是從霍甫金斯講起的。〔註17〕這一看法顯然也有其合理性。

實際上，在《贈別》之中，這種「老人的熱情」進一步化作對於「等你老了」的詠歎：

等你老了，獨自對著爐火，

就會知道有一個靈魂也靜靜的，

他曾經愛過你的變化無盡，

旅夢碎了，他愛你的愁緒紛紛。〔註18〕

《贈別》分兩章，第一章的詩句擬化了葉芝名詩《當你老了》。看起來是有意藉助名詩來抒寫心志，同時，對於老境的摹擬也可說是蘊涵了對於現時的期待。第二章則是更多個人心緒的波動，一種「徒然渴望擁有」的、「無望的追想」：

每次相見你閃來的倒影

千萬端機緣和你的火凝成，

已經為每一分每一秒的事體

在我的心裏碾碎無形，

你的跳動的波紋，你的空靈

的笑，我徒然渴望擁有，

它們來了又逝去在神的智慧裏，

留下的不過是我曲折的感情，

看你去了，在無望的追想中，

這就是為什麼我常常沉默：

〔註17〕江弱水：《偽奧登風與非中國性：重估穆旦》，《外國文學評論》，2002 年第 3
期。
〔註18〕穆旦：《穆旦詩集》，自印，1947 年，第 106～107 頁。

直到你再來，以新的火

摒擋我所嫉妒的時間的黑影。〔註19〕

　　新見——也即抄送給曾淑昭的《贈別》，與同題舊作《贈別》之二也是多有相通——也是一種對於（戀愛）雙方處境的摹寫，不過，再不是「你再來，以新的火」式的波折，而是「既然一切是這樣決定了」式的終結：

既然一切是這樣決定了：

我們的長夏將終於虛無，

你去了仍帶著多刺的青春，

我也再從虛無裏要回孤獨

……

留下火焰在你空去的地方，

成熟的將是記憶的果實：

當分離的日子給人歪曲和蒼老，

那從未實現的將引我們歸去。〔註20〕

　　「再從虛無裏要回孤獨」「留下火焰在你空去的地方」，這些詩句都顯示了心緒的波動——這樣的詩篇能讓讀者比較輕易地建立其與現實處境之間的關聯，讀者的進一步聯想自是難免，但從「那從未實現的將引我們歸去」一類詩句來看，詩人對於現實處境已經有了比較明確的察知。

「因為那用青春製造的還沒有成功」

　　還有必要來看看新見材料之中那首奇特的 *To Margaret*。全詩共六章，除了第二章為另（新）寫之外，其餘各章居然雜合了《春》、《詩八首》（選六、七、八章）和《自然底夢》。儘管這種情形在穆旦寫作之中倒並非孤例〔註21〕，但各章的體例不一，終歸顯得雜蕪不齊。

　　第一章《春》，此詩僅兩節十二行，卻可說是穆旦修改非常細密、受關注度也非常高的作品：

藍天下，為緊閉的世界迷惑著

〔註19〕穆旦：《穆旦詩集》，自印，1947 年，第 108～109 頁。

〔註20〕穆旦：《穆旦詩文集·1》（第 3 版），第 243 頁。

〔註21〕穆旦的《祈神二章》（初刊時題作《合唱二章》）與長詩《隱現》，《飢餓的中國》與《時感四首》《詩四首》等，都存在類似的情況。

是一株廿歲的燃燒的肉體，

一如那泥土做成的鳥的歌，

你們是火焰捲曲又捲曲。

呵，光，影，聲，色，現在已經赤裸，

痛苦著，等待伸入新的組合。〔註22〕

詩歌傳達的是一種強烈的青春「誘惑」與「痛苦」。新見的第二章並不長，為兩節，每節五行：

在我結著領帶想像你修容，

我聽見窗外樹葉裏你的歌聲，

太陽靜靜地落在我的臥室裏，

我走出去，這個自由的奴隸

姑娘，走向春天底快樂的市場，

年老人只知道走在石板的路上，

年輕人踩著的是危險和幻象

因為那用青春製造的還沒有成功

我等候你的援助，你等候我，

當我走進門前，輕扣你的寂寞。

第一節依稀有著謠曲的調子，節奏舒緩，而且第二節一開始又出現了「年老人」的形象，似有滑向此前提到的類似寫作之勢，但「年輕人踩著的是危險和幻象」扭轉了方向──「危險」一詞，也出現在 *To Margaret* 接下來的一章（也即《詩八首》的第六章）之中：

相同和相同溶為怠倦，

在差別間又凝固著陌生；

是一條多麼危險的窄路裏

我製造自己在那上旅行。

就整體而言，《詩八首》可說是一首完成了的情詩，全詩八章，寫下了愛的「可能與不可能」：從愛情之火寫起（「你底眼睛看見這一場火災」），寫到了「瘋狂」（「它要你瘋狂在溫暖的黑暗裏」），中間幾章寫到了愛情的進展，

〔註22〕該版本更近於《貴州日報‧革命軍詩刊》1942 年 5 月 26 日所載，但也有多處異文。

至最後三章，即第六至八章，也即 *To Margaret* 的三至五章，「化為平靜」：

> 再不能有更近的接近，
>
> 所有的偶然在我們間定型；
>
> 只有陽光透過繽紛的枝葉
>
> 分在兩片情願的心上，相同。
>
>
> 等季候一到，就要各自飄落，
>
> 而賜生我們的巨樹永青，
>
> 它對我們的不仁的嘲弄
>
> （和哭泣）在合一的老根裏化為平靜。

《詩八首》第八章的這兩節詩，「上一節以『兩片情願的心』寫『愛』的可能，下一節以落葉的飄零和樹的永青寫『愛』的不可能」。〔註23〕至此，這首晚於《贈別》兩個月所抄寫的、雜合多首詩歌、體例不一的 *To Margaret*，起於青春的「燃燒」與「痛苦」，經由「危險和幻象」的傳遞，落實到對於「不仁的嘲弄」的體認，這樣的脈絡與《詩八首》正可說是大致相合。《詩八首》是穆旦詩歌被闡釋的焦點所在，研究者「從不同角度對這首詩的意義進行了多層次的挖掘」，「這些闡釋有的截然相反，有的同中有異」〔註24〕，但就現實意義而言，這種對於「不可能」結局的體認在某種程度也即一種深深的受挫感的流現。

別有意味的是，*To Margaret* 並未止於此，而是繼續將《自然底夢》添作第六章。該章以「我曾經迷誤在自然底夢中」起始，第二節轉向了「少女」「誘人的熱情」：

> 一個少女它底思想底化身，
>
> 呵，為了我毒害的，誘人的熱情，
>
> 是這樣的驕傲又這樣的柔順。
>
> 我們談話，自然底朦朧的囈語——

儘管隨後有「美麗的囈語把它自己說醒」一類詩句，但並不難看出其中

〔註23〕西渡：《愛的可能與不可能之歌——穆旦〈詩八首〉解讀》，《星星》（下半月刊），2008 年第 1 期。

〔註24〕西渡：《愛的可能與不可能之歌——穆旦〈詩八首〉解讀》，《星星》（下半月刊），2008 年第 1 期。

所包含的心緒低徊——或如前述關於《海戀》的附信中所言，其中有著關於個人心緒的「反覆辯論」。由此可以說，相比於《詩八首》，*To Margaret* 傳達了一種更為微妙的心緒，似有欲捨還連之感。

目前已無法察知曾淑昭當時的現實反應，但 1947 年初曾淑昭託同事將照片、詩信交還給穆旦之舉，或許是包含了告別的意圖。

「我們一切的追求終於來到黑暗裏」

但也可以繼續對穆旦的個人經歷與實際的詩歌寫作提出一些看法。

《詩八首》融合了理性的思考與肉體的感覺，看起來，似乎非親身經歷者是無法寫出來的，何況穆旦本人晚年在開拔陷入戀愛苦惱的年輕人時，曾舉《詩八首》為例：「那是寫在我二十三四歲的時期，那裡也充滿愛情的絕望之感。什麼事情都有它的時期，過了那個時期，迫切感就消失了。」〔註 25〕挖掘這種充滿「迫切感」的詩篇「背後的隱情」，作為一種思路看起來也有其合理性。〔註 26〕實際上，《詩八首》之後不久，約作於 1942 年 11 月的《記憶底都城》，也寫到了「愛情的咒語」：「那愛情的咒語仍舊疲乏著我們／走著你底大街和小巷底圖案，／每一盞燈下記著失去的吻，／痛苦底路標在一片未關的荒原……」〔註 27〕

看起來，愛情的挫折感又一次糾纏著穆旦。從傳記批評的角度看，《詩八首》《記憶底都城》一類詩歌都應該有一個未出場的女主角，但這個女主角到底是誰，實在是難以辨析。這種情形，大致跟第 3 版《穆旦詩文集》之前來探討穆旦與曾淑昭的戀愛關係有些類似。

上述對於新增材料的細緻剖索表明，「穆旦與曾淑昭」已經具備了明確的話題意義。不過，不管是否能明確兩人的戀愛關係，曾淑昭終歸不是穆旦生命中最終的那一位，而接下來的材料對此也能有所補充。

就可以確證的個人情感生活而言，一直到 1946 年，時年 28 歲的穆旦才迎來重要的轉機。這一年，他雖然主要時間還是在東北辦報，但是，因奉養父母之故，經常往返於瀋陽和北平之間，常與時任教於清華大學外文系的王

〔註 25〕穆旦：《致郭保衛》（1975 年 9 月 9 日），《穆旦詩文集·2》（第 3 版），第 215 頁。

〔註 26〕高波認為《詩八首》「和蕭珊的一段特殊感情有關」，見《穆旦〈詩八章〉後的「隱情」》，《楚雄師範學院學報》，2007 年第 7 期。

〔註 27〕見馮至等著：《文聚叢刊》第 1 卷第 5、6 期合刊《一棵老樹》，1943 年 6 月。

佐良、周珏良等舊友相聚，進而認識了周珏良的妹妹周與良。周與良畢業於北平輔仁大學生物系，當時正在燕京大學攻讀生物系研究生。聚（舞）會、聊天、逛書店、逛街，兩人逐漸開始戀愛。1948 年 3 月，周與良自上海赴美國芝加哥大學留學，穆旦從南京趕到上海為之送行，送給了她幾本書和一張照片。照片的反面寫有《詩八首》第七章——也即 *To Margaret* 第四章中的四行詩：

> 風暴，遠路，寂寞的夜晚，
>
> 丟失，記憶，永續的時間，
>
> 所有科學不能袪除的恐懼
>
> 讓我在你底懷裏得到安憩。

自從生命裏有了周與良之後，穆旦終於「得到安憩」。1949 年 8 月，穆旦也開始了美國留學之旅，並於年底和周與良結婚。1953 年初，夫婦倆推卻重重困難共同回國。之後一直風雨同舟，相濡以沫。

但一個多少顯得奇特的現象是，同一首《詩八首》，在 1942 年、1944 年、1948 年這三個時間點，以不同的姿態出現。若以「女主角」的方向來看，前者是否確有其人尚不可知，後兩者都有明確的指向——正因為如此奇妙的舉動，我個人更傾向於認為《詩八首》更近於一種愛情的玄想—— 一個寫作者斷不至於將一首「失敗」的愛情詩一再地呈送給不同的女主角！也就是說，《詩八首》這樣的詩篇未必有確切的本事（女主角），或者說，未必有足夠完整的本事（戀愛故事）。惟其是對於愛情的玄想，獻給「女主角」也就顯得合乎情理——實際上，將幾首詩歌雜合在一起抄寫與將四行詩抄寫在照片的背面，其間的含義還是非常明顯的。再往下，1948 年 4 月，周與良去美一個月之後，穆旦寫下了一首《詩》，其中也關涉到愛情，詩歌情緒依然充滿思辨的色彩，而非熱烈的抒情：

> 脫淨樣樣日光的安排，
>
> 我們一切的追求終於來到黑暗裏，
>
> 世界正閃爍，急燥，在一個謊上，
>
> 而我們忠實沉沒，與原始合一，〔註28〕

從目前所能獲知的信息來看，從清華大學時期到 1940 年代後期，穆旦的「愛情故事」的線索雖然比較零星，但終歸也算是有跡可尋，而返觀穆旦

〔註28〕刊載於《中國新詩》第 4 集，1948 年 9 月。

全部愛情詩或帶有愛情色彩的詩篇的寫作，其中最主要的寫法，從《春》《詩八首》到《記憶底都城》再到《詩》，都可說是包含了更高的意義，即從某種普遍意義上來書寫青春與愛情。寫作時間較早的《春》和《詩八首》均是版本眾多，執著修改的舉動本身在相當程度上即表明了此類詩歌更為普遍的屬性。此前，我曾對《春》的多個版本進行了細緻的剝索，所得到的看法是：「《春》的修改軌跡大致是循著一條從具體到抽象的路數，個人的經驗色彩逐漸減弱，詩學與文化的視域則得以強化，『青春』本身的痛苦由此也更加凸顯」，與此同時，相關愛情故事，「無論是詩歌中的暗示，還是現實中的傳記材料，確實都過於單薄，無法建構出一條明晰的、確切的線索」。因此，「『隱匿』乃是穆旦愛情詩的基本特質之所在」，穆旦的此類寫作「是冷靜的、思辨的，而非浪漫的、熱烈的，即如論者對於《春》的評價：『詩思不是外向投射型而是反思式的內斂，也沒有把未來當做顯示進行膚淺的謳歌而是感受生命的幽晦、複雜和矛盾』，『褪盡柔弱浮泛的字眼而代之以硬朗的日常口語，傳達出深刻的哲思，抽象中有肉感，情緒中有思辨。』」（參見本輯前一篇的討論）而《詩八首》，不管是否有或者在多大程度上有現實的本事與糾葛，亦是從更普遍的意義上對於「愛」的體認與哲思，「愛的肯定與否定、可能與不可能是互相滲透的」，即如最後一行「（和哭泣）在合一的老根裏化為平靜」，「這個最後的『平靜』並不是矛盾的最終解決，詩人其實也不指望有這樣的解決」，而是有著「成長」的含義在：「只要活著，『愛』就永遠處於肯定與否定、可能與不可能、追求與逃避、分離與結合的矛盾、衝突與鬥爭中。所以，『愛』的真義並不是兩個人的同化、同一，而是兩個人在矛盾與衝突中不斷地成長。」〔註29〕

　　順著此一思路往下看，《贈別》、*To Margaret*（之二）、《詩》（1948年）等詩篇，固然因為切實的傳記資料的加入而使得探討穆旦的愛情故事與寫作背景有了一些確鑿的因素，但就詩歌的寫法而言，這些新材料也並未改變既有的路向──甚至還不妨這麼說，它們進一步強化了穆旦愛情詩寫作的意義，那就是對於更為普遍意義上的青春、愛情和成長的書寫，也即，這些詩篇本身足可越過傳記材料而散發出迷人的、持久的光芒。

〔註29〕西渡：《愛的可能與不可能之歌──穆旦〈詩八首〉解讀》，《星星》（下半月刊），2008年第1期。